新日檢試驗 N3 絕對合格

試題本

全MP3音檔下載導向頁面

http://www.booknews.com.tw/mp3/121240006-10.htm

iOS系請升級至iOS 13後再行下載
全書音檔為大型檔案，建議使用WIFI連線下載，以免占用流量，
並確認連線狀況，以利下載順暢。

もくじ
目錄

QR碼使用說明

N3_Listeing_
Test01.MP3

每回測驗在聽解的首頁右上方都有一個QR碼，掃瞄後便可開始聆聽試題進行測驗。使用全書下載之讀者可依下方的檔名找到該回聽解試題音檔，在播放後即可開始進行測驗。

N3
げんごちしき（もじ・ごい）
（30ぷん）

ちゅうい
Notes

1. しけんが　はじまるまで、この　もんだいようしを　あけないで　ください。
   Do not open this question booklet until the test begins.

2. この　もんだいようしを　もって　かえる　ことは　できません。
   Do not take this question booklet with you after the test.

3. じゅけんばんごうと　なまえを　したの　らんに、じゅけんひょうと　おなじように　かいて　ください。
   Write your examinee registration number and name clearly in each box below as written on your test voucher.

4. この　もんだいようしは、ぜんぶで　5ページ　あります。
   This question booklet has 5 pages.

5. もんだいには　かいとうばんごうの［1］、［2］、［3］…が　ついて　います。かいとうは、かいとうようしに　ある　おなじ　ばんごうの　ところに　マークして　ください。
   One of the row numbers［1］,［2］,［3］… is given for each question. Mark your answer in the same row of the answer sheet.

じゅけんばんごう　Examinee Registration Number	

なまえ　Name	

問題1　＿＿＿のことばの読み方として最もよいものを、1・2・3・4から一つえらびなさい。

1 コンピューターの会社に転職します。

1　てんしょく　　2　てんきん　　3　しゅうしょく　　4　しゅうきん

2 今日の晩ごはんは何にしようか。

1　よる　　2　ばん　　3　ゆう　　4　ひる

3 このレストランは夜おそくまで営業している。

1　かいぎょう　　2　えいぎょう　　3　へいぎょう　　4　こうぎょう

4 駅に行くにはこちらの方が近道ですよ。

1　きんどう　　2　ちかどう　　3　きんみち　　4　ちかみち

5 彼の長年の努力(どりょく)がやっと世間(せけん)の人々(ひとびと)に認められた。

1　たしかめ　　2　ほめ　　3　みとめ　　4　もとめ

6 プラスチックの原料は石油(せきゆ)だ。

1　げんりょう　　2　ざいりょう　　3　ねんりょう　　4　ちんりょう

7 道路(どうろ)が渋滞していたので遅刻(ちこく)してしまった。

1　じゅんだい　　2　じゅうたい　　3　じゅたい　　4　じゅうだい

8 その調子でがんばりましょう。

1　ちょこ　　2　ちょし　　3　ちょうこ　　4　ちょうし

問題2　＿＿＿＿のことばを漢字で書くとき、最もよいものを、1・2・3・4から一つえらびなさい。

9 子(こ)どもと公園(こうえん)であそびました。

1　逃び　　2　運び　　3　遅び　　4　遊び

10 救急車(きゅうきゅうしゃ)で運(はこ)ばれた男性(だんせい)はじゅうたいだそうだ。

1　十代　　2　重大　　3　重体　　4　十体

11 今、外にいるんです。きたくしたら、もう一度電話します。

1　帰家　　2　着家　　3　帰宅　　4　着宅

12 つめたいジュースを飲んだ。

1　冷たい　　2　凍たい　　3　寒たい　　4　涼たい

13 風邪(かぜ)のときは睡眠(すいみん)とえいようをしっかりとってくださいね。

1　体調　　2　休養　　3　栄養　　4　治療

14 世界中の人がこのニュースにかんしんを持っている。

1　関心　　2　感心　　3　完心　　4　観心

問題3 （　　　）に入れるのに最もよいものを、1・2・3・4から一つえらびなさい。

15 工場見学をご（　　　）の方は、私にお知らせください。

1 興味　　2 期待　　3 確認　　4 希望

16 息子の進学のために、毎月（　　　）している。

1 貯金　　2 税金　　3 現金　　4 代金

17 運動（　　　）なので、ジョギングを始めます。

1 不安　　2 不足　　3 不良　　4 不満

18 昨日、何もしないで早く寝たので、（　　　）元気になった。

1 すっかり　　2 ぐっすり　　3 はっきり　　4 ぴったり

19 新井さんに花の（　　　）をたくさんもらいました。

1 林　　2 種　　3 草　　4 葉

20 昨日のテストの（　　　）が心配だ。

1 研究　　2 検査　　3 調査　　4 結果

21 去年の旅行では（　　　）が多くて大変でした。

1 ドリブル　　2 トラブル　　3 サポート　　4 サイクル

22 階段を降りるときに（　　　）らしく、足が痛い。

1 ひねった　　2 ほった　　3 なでた　　4 しぼった

23 私の上司は仕事をしながら（　　　）ばかり言っている。

1 会話　　2 電話　　3 文句　　4 笑顔

24 試合で負けて、とても（　　　）。

1 はげしい　　2 くやしい　　3 あやしい　　4 むずかしい

25 昨日の自動車事故の（　　　）は、エンジンの故障らしい。

1 理解　　2 説明　　3 原因　　4 様子

問題4　＿＿＿＿に意味が最も近いものを、1・2・3・4から一つえらびなさい。

26 さいきん、ますます寒くなってきた。

1　ゆっくり　　2　さらに　　3　きゅうに　　4　すこし

27 このサイトで5千円以上買うと送料がただになるよ。

1　割引　　2　無料　　3　得　　4　半額

28 夏は食べ物がくさりやすい。

1　よくなり　　2　かたくなり　　3　あつくなり　　4　だめになり

29 会議では、そっちょくな意見が出なかった。

1　しょうじきな　　2　なまいきな　　3　むずかしい　　4　あたらしい

30 となりの家の犬がやかましい。

1　うるさい　　2　おもしろい　　3　やさしい　　4　つよい

問題5　つぎのことばの使い方として最もよいものを、1・2・3・4から一つえらびなさい。

31 決して

1　先生のことは、決して忘れません。

2　姉は、休みの日に決してこの店で買い物をする。

3　明日は決して雨がふるだろう。

4　近所の人に会ったら、決してあいさつをしましょう。

32 転送

1　会議の場所のメールを後輩にも転送した。

2　横を見ながら転送すると危ないですよ。

3　郵便局へ行って荷物を転送した。

4　家を転送して住所が変わった。

33 誘う

1　3年付き合った彼に、結婚してくれと誘われた。

2　部下から来週月曜日は休ませてほしいと誘われた。

3　父からもっと勉強を頑張るように誘われた。

4　友達に文化祭を見に行こうと誘われた。

34 食欲

1　体調が悪くて食欲がない。

2　この油は食欲なので料理に使います。

3　もうすぐ食欲の時間ですよ。

4　お昼ご飯は近くの食欲で食べます。

35 安定

1　安定のためにヘルメットをかぶりなさい。

2　休みの日は安定してビールが飲める。

3　平日のカフェはゆっくり安定できる。

4　今より安定した仕事を見つけたい。

N3

言語知識（文法）・読解

（70分）

注　　意
Notes

1. 試験が始まるまで、この問題用紙を開けないでください。
   Do not open this question booklet until the test begins.

2. この問題用紙を持って帰ることはできません。
   Do not take this question booklet with you after the test.

3. 受験番号と名前を下の欄に、受験票と同じように書いてください。
   Write your examinee registration number and name clearly in each box below as written on your test voucher.

4. この問題用紙は、全部で19ページあります。
   This question booklet has 19 pages.

5. 問題には解答番号の 1 、 2 、 3 …が付いています。
   解答は、解答用紙にある同じ番号のところにマークしてください。
   One of the row numbers 1 , 2 , 3 … is given for each question.
   Mark your answer in the same row of the answer sheet.

受験番号　Examinee Registration Number	

名前　Name	

問題1　つぎの文の（　　　）に入れるのに最もよいものを、1・2・3・4から一つえらびなさい。

1 本当にその仕事がしたければ、何度でも挑戦してみる（　　　）だ。

1　わけ　　2　せい　　3　つもり　　4　べき

2 勉強のできる長男（　　　）、次男はサッカーのことしか頭にない。

1　にとって　　2　にしては

3　にかわって　　4　にたいして

3 もし暑い（　　　）、店員にお知らせください。

1　ようでしたら　　2　ときなので

3　からといって　　4　ものですから

4 暑い日はアイスクリーム（　　　）ね。

1　のみだ　　2　にかぎる　　3　のおかげだ　　4　きりだ

5 子どものころは夏休み（　　　）祖母の家ですごしていた。

1　を　　2　へ　　3　が　　4　と

6 昨日、（　　　）おみやげを買っておいたのに、持ってくるのを忘れてしまった。

1　めったに　　2　せっかく　　3　まったく　　4　ぜったい

7 熱があるなら、今日はゆっくり休む（　　　）。

1　そうだ　　2　というものだ

3　ことだ　　4　ものだ

8 全員が（　　　）、会議を始めましょう。

1　集まっても　　2　集まったところ

3　集まりしだい　　4　集まると

9 電車が止まってしまったから（　　　）。

1　歩くことはない　　2　歩くしかない

3　歩こうともしない　　4　歩けなかった

10 先生はまるで私の親（　　　）かのように、私のことを考えてくれる。

1　みたい　　2　である　　3　だろう　　4　そう

11 かべに「禁煙（きんえん）」という紙がはってあります。「ここでたばこを（　　　）」という意味です。

1　吸（す）いな　　2　吸（す）え　　3　吸（す）おう　　4　吸（す）うな

12 エアコンを（　　　）出かけてしまった。

1　ついたまま　　2　つけたまま

3　ついている間　　4　つけている間

13 彼は今、入院しているから、今日のパーティーに来られる（　　　）。

1　とはかぎらない　　2　べきではない

3　ことがない　　4　はずがない

問題2　つぎの文の＿★＿に入る最もよいものを、1・2・3・4から一つえらびなさい。

（問題例(れい)）

木の ＿＿＿ ＿＿＿ ＿★＿ ＿＿＿ います。

1　が　　2　に　　3　上　　4　ねこ

（解答(かいとう)のしかた）

1.　正しい答えはこうなります。

> 木の ＿＿＿ ＿＿＿ ＿★＿ ＿＿＿ います。
> 　　3 上　2 に　4 ねこ　1 が

2.　＿★＿に入る番号(ばんごう)を解答(かいとう)用紙にマークします。

（解答(かいとう)用紙）

（例(れい)）	①　②　③　●

---

14 週末に ＿＿＿ ＿＿＿ ＿★＿ ＿＿＿ を探(さが)しています。

1　アルバイトをして　　2　留学生(りゅうがくせい)

3　くれる　　4　うちの店で

15 どんなにつらくても、生きていかなければならない。＿＿＿ ＿＿＿ ＿★＿ ＿＿＿ 喜(よろこ)びもあるのだ。

1　こそ　　2　いる　　3　から　　4　生きて

16 店長「お客さんから、スタッフの ＿＿＿ ＿＿＿ ＿★＿ ＿＿＿ があった。君（きみ）から、
　　スタッフに注意してくれ。」
副（ふく）店長「かしこまりました。」

1　元気がない　2　という　3　クレーム　4　あいさつに

17 私（わたし）の ＿＿＿ ＿＿＿ ＿★＿ ＿＿＿ いない。

1　ほど　2　恋人（こいびと）　3　は　4　かわいい人

18 この図（ず）の ＿＿＿ ＿＿＿ ＿＿＿ ＿★＿ ください。

1　紙（かみ）を　2　とおりに　3　みて　4　折（お）って

第1回

文法

問題３　つぎの文章を読んで、文章全体の内容を考えて、[19] から [23] の中に入る最もよいものを、１・２・３・４から一つえらびなさい。

下の文章は、留学生が書いた作文です。

「日帰り温泉」

ルイス

日本に来る前、私は温泉には行きたくないと思っていました。[19]、私の国にはない習慣で、他の人と風呂に入るのは恥ずかしいと思ったからです。でも、日本人の友達[20]、日本人は温泉を楽しむために来ているので、周りの人のことは全然気にしないそうです。このことを知ってから、私も友達と旅行に行って、あまり気にしないで温泉を[21]。

温泉というと、観光地などのホテルや旅館へ泊まって入るイメージがありますが、最近はショッピングモールなどにも温泉があり、遠くまで行かなくても、温泉に入ることができます。[22]、その日のうちに行って帰ってこられる温泉は「日帰り温泉」と呼ばれています。

家で入るお風呂も気持ちがいいですが、広いお風呂に入ったり、温泉のあとのマッサージなどゆっくりできるサービスを受けたりするのは、リフレッシュできて気持ちがいいです。[23]、温泉はお湯の成分が体にいいので、今度国から家族や友達が来たら、ぜひ日帰り温泉に連れていきたいと思います。

19

1　そのうえ　　2　それと　　3　だから　　4　なぜかというと

20

1　だからこそ　　2　によると　　3　となると　　4　に似て

21

1　楽しまされました　　2　楽しかったかもしれません

3　楽しめるようになりました　　4　楽しんだと思います

22

1　あのように　　2　このような　　3　それから　　4　あれから

23

1　たとえば　　2　一方で　　3　とはいえ　　4　何より

問題4　つぎの⑴から⑷の文章を読んで、質問に答えなさい。答えは、1・2・3・4から最もよいものを一つえらびなさい。

(1)

線香花火は手で持つタイプの花火で、火をつけると火の玉ができます。火花は小さく、木の小枝のようにパチパチと飛び散り、だんだん弱くなって最後には火の玉がポトっと落ちます。火花が長く続くようにするには、火をつける前に火薬が入っている部分を指で軽く押さえて空気を抜くといいようです。また、新しい花火より1年前の花火のほうが、火薬が中でよくなじんで安定したきれいな花火が見られるという人もいます。余ったら袋に入れて、冷暗所に置いておくといいでしょう。

24 この文章で言っていることと合っているのはどれですか。

1　線香花火は危ないので手で持ってはいけない。

2　火薬の空気を抜くと、火花が長く続く。

3　新しい花火のほうがきれいに見られる。

4　新しい花火は冷蔵庫で冷やしてから使う。

(2)

これは会社の人が社員に送ったメールである。

> みなさま
>
> お疲れさまです。
> 明日の7：00から10：00に電気設備の交換工事が予定されています。
> その時間はビル全体で電気が止まります。
> つきましては、明日の始業時間は10：00とします。
> 部長会議は9：30からの予定でしたが、10：30からに変更します。
> 朝は停電のため、電話やWi-fiがつながらなくなります。
> 必要に応じて、社外の人に伝えてください。
> 今日は、パソコンの電源（でんげん）は切って帰ってください。
>
> よろしくお願いします。
>
> 関口

25 このメールを受け取った社員全員がしなければいけないことは何か。

1 電気設備を交換する
2 会議に出席する
3 社外の人に伝える
4 帰るときにパソコンの電源（でんげん）を切る

第1回 讀解

(3)

ジュースなどを飲むのに、ストローを使って飲む人は多いでしょう。しかし今、このストローがよくないという意見が世界中で増えています。原料であるプラスチックがごみとなり、海を汚し、そこに住む生物に悪い影響（えいきょう）を与えているのです。

このため、プラスチックのストローを使うのをやめようという運動が始まっています。そのかわりに考えられたのが、紙や木からつくられたストローです。これらはすでにいくつかのコーヒーショップやレストランなどで使われていますが、値段が高いことが問題です。これについては今後解決しなければなりません。

26 この文章を書いた人は、ストローについてどのように考えているか。

1　環境（かんきょう）に悪い影響（えいきょう）を与えないストローが、安く作られるとよい。

2　海で飲み物を飲むときに、ストローを使うのは良くない。

3　プラスチックで作ったストローは、高いから良くない。

4　環境（かんきょう）のためならストローの値段は関係ない。

(4)

学生のみなさん

駐輪場の工事について

1月28日より2月12日まで工事を行うので、現在利用している北駐輪場と南駐輪場は利用できません。

自転車は東駐輪場に、オートバイは西駐輪場に停めてください。

どちらの駐輪場も朝7時に門が開きます。それ以前に利用したい場合は、学生課に申し込みをしてください。特別に職員用駐輪場を利用できます。

なお、すべての駐輪場は夜9時に閉まります。それ以降は自転車・オートバイを出せませんのでご注意ください。

学生課

27 文の内容について正しいものはどれか。

1　自転車とオートバイは、それぞれ別の駐輪場に停めなければならない。

2　夜9時以降は、自転車は出すことができるが、オートバイは出すことができない。

3　工事期間中は、平日だけ北駐輪場と南駐輪場を利用できない。

4　朝7時前は、誰でも職員用駐輪場に自転車やオートバイを停めてよい。

問題5　つぎの⑴と⑵の文章を読んで、質問に答えなさい。答えは、1・2・3・4から最もよいものを一つえらびなさい。

⑴

日本は地震が多い国だから考えておかなければならないことがある。地震がおこったときにまずどうするかということと、地震がおこる前に何を準備しておくかということだ。

実際に揺れを感じたら、まず机やテーブルなどの下にかくれる。そして揺れが止まった後、台所で火を使っていたら消して、それから安全な場所へ逃げる。逃げる場所は、市や町が決めた学校などが多いので、確認しておく必要がある。これについては事前に家族で話し合い、実際に一度、家からそこ①まで歩いておくのもいいだろう。

また、地震がおこる前に重要なのは、食料と水の用意だ。少なくとも、3日分の量が必要だと言われている。私がすすめる方法は、それらを特別に買って保存するのではなく、いつもより少し多めに買い、使ったらまた足すという方法だ。食料は料理しなくても食べられるものがいいだろう。

このように、普段の生活の中で、地震に対する準備②をしておくことが必要なのだ。

28 地震がおこったときには、最初に何をするか。

1　すぐに外へ逃げる

2　何かの下に入って身を守る

3　料理で使っている火を消す

4　家族で話し合う

29 ①そことはどこのことか。

1　市や町が決めた場所

2　揺れが止まった部屋

3　食べ物や水を買う店

4　机やテーブルの下

30 ②準備とあるが、例えばどんな準備か。

1　3日前から地震(じしん)について考えておくこと

2　食料を多めに買って家で食べてみること

3　食料や水を確保しておくこと

4　地震(じしん)が起こったときにすぐに外やほかの場所へ逃げること

(2)

レトルトカレーは、数分温めるだけで簡単にカレーが食べられる商品です。レトルトという技術ははじめ、アメリカで軍隊が遠くへ出かけるときに持っていく携帯食として開発され、アポロ11号の宇宙食にも使われたことがあります。日本の企業がそのレトルト技術を研究し、家庭の食品用に利用したのです。

製造の工程を見ると、レトルトカレーは三重構造になっている特別な容器に入れられ、真空パックされます。このとき、材料の肉は先にゆでられますが、野菜はまだ生のままです。そのあと、圧力が加えられ120度の温度で35分間、加熱して材料に火を通し、菌を殺します。こうすることで、約2年間も保存することができます。

レトルトカレーの材料は、一般的なものから変わったものまでいろいろあり、日本各地の名産品が使われることも多くあります。食感や甘さなど、それぞれの名産品の良さをいかして、新しい味のレトルトカレーがたくさん作られています。

31 レトルトの技術は、はじめ何のために開発されたと言っているか。

1　カレーを食べたことのない人が、カレーの味を知るため。
2　忙しくて時間がない人が、簡単に食事をとるため。
3　海外旅行のときに、おみやげとして持って帰るため。
4　料理ができない場所で、食事をするため。

32 レトルトカレーの製造方法で、合っているものはどれか。

1　材料の肉は、野菜より先に火を通す。
2　野菜は生のままで製品になる。
3　材料は、低温で何時間もかけて料理される。
4　容器は三重構造で、いろいろなものに使える。

33 この文章の言っていることと合っているものはどれか。

1　レトルト技術は、日本の企業がはじめに開発した。
2　レトルト技術は、カレーにだけ利用されている。
3　レトルトカレーは、長い間保存することができる。
4　レトルトカレーは、昔から同じ味で作られている。

問題6　つぎの文章を読んで、質問に答えなさい。答えは、1・2・3・4から最もよいものを一つえらびなさい。

風呂敷というのは、四角い布のことで、物を包むのに使います。包んだものを運んだり、しまったり、人に贈ったり、幅広い使い方があります。しかし、最近では物を運ぶのには紙袋やレジ袋が、物をしまうのにはプラスチックの箱や段ボール箱が使われるようになり、風呂敷は昔ほど使われなくなりました。

風呂敷のように、四角い布を生活の中で広く利用する習慣は、世界のいろいろな地域で見られます。日本では奈良時代から使われていたことがわかっていますが、風呂敷という言葉は江戸時代に広がりました。風呂で脱いだ服を包んだり、風呂から出るときに床に敷いたりしたことから、そう呼ばれるようになりました。その後、風呂以外でも、旅の荷物やお店の商品を運ぶのに使われるようになりました。風呂敷は、包むものの大きさによって、いろいろな大きさがあります。包み方を変えれば、長いものや丸いものなど、いろいろな形のものも上手に包んで運ぶことができます。

最近では環境破壊が問題になっていますが、風呂敷は何度もくり返し使えるため、エコバックとして見直されています。物を包むだけではなく、物の下に敷いたり、壁にかけたりすれば、インテリアとしても活用することができるのです。

34 風呂敷とは、どんなものだと言っているか。

1　お風呂で体を洗うときに使う布
2　お風呂のあとで体をふくときに使う布
3　家の出入口などの床に敷く布
4　物を包んで運んだりしまったりする布

35 風呂敷という名前になったのは、どうしてだと言っているか。

1　昔は風呂屋だけで売られていたから。
2　昔は風呂屋の入り口にかけられていたから。
3　昔は風呂から出るときに床に敷いたりしたから。
4　昔は風呂に入らずに布で体をふいていたから。

36 風呂敷について、合っているものはどれか。

1　日本の風呂敷は、いろいろな形のものがある。

2　日本の風呂敷は、多くの国で使われている。

3　日本の風呂敷は、ある時代にだけ使われていた。

4　日本の風呂敷は、いろいろな形のものを包むことができる。

37 ④風呂敷の使い方として、<u>言っていない</u>のはどれか。

1　人にプレゼントをあげるときに使う。

2　引っ越しで重いものを移動するときに使う。

3　ビニール袋の代わりとして物を運ぶときに使う。

4　部屋のインテリアとしてかざって使う。

問題7　右のページは、市民講座の案内である。これを読んで、下の質問に答えなさい。答えは、1・2・3・4から最もよいものを一つえらびなさい。

38 この講座について、合っているものはどれか。

1　子どもと一緒に環境（かんきょう）について学ぶ。

2　市内のいろいろな場所で講座を受ける。

3　市民だけが参加できる。

4　希望者は電話で申し込む。

39 田中さんは、水力発電や風力発電を生活に活用したいと考えている。そのために、いつの講座を受けるといいか。

1　7月20日

2　8月3日

3　8月24日

4　9月21日

環境学習リーダーになろう！

受講料無料　定員20名

★環境や自然に興味があり、何か活動を始めたい！
★自然のすばらしさを子どもたちに伝えたい！
★環境分野で社会のために何かしたい！

講座を修了すると、「市の環境学習指導者」に登録できます。登録者には市が、環境教室の講師やアシスタントをお願いします。

日程・場所			講座名		内容
1	7/20 土	市役所（中区）	10:30〜12:00	オリエンテーション	講座の説明と参加者の自己紹介
			13:00〜14:30	環境問題とは	環境問題と市内の現状について学び、どんな対策が必要か考えます。
2	8/3 土	緑化センター（東区）	10:00〜12:00	自然観察の体験	環境学習のときの、自然観察の方法を森林公園で学びます。
			13:00〜14:30	リスク管理	外での楽しく活動するための、安全管理を学びます。
3	8/24 土	ソーラー館（西区）	10:00〜12:00	地球温暖化について	地球温暖化のしくみや現状を知り、市の取り組みを学びます。
			13:00〜14:30	自然エネルギー	地球にやさしい省エネをしながら、気持ちよく生活する方法を学びます。
4	9/21 土	清掃工場（北区）	10:30〜12:00	清掃工場の見学	市内で出るごみの現状を学びます。
			13:00〜14:30	ごみ減量対策	ごみの減らし方と市内での取り組みについて学びます。
5	10/5 土	市役所（中区）	10:00〜12:00	成果発表の準備	講座の成果発表の準備をします。
			13:00〜15:00	成果発表	学んだことをプレゼンテーション形式で発表します。

【応募資格】市内に在住または通勤、通学する18才以上の方で、環境教育や環境保護活動を実践する意欲のある方。
【申込方法】申込用紙に必要事項を記入して、7/6（土）までに市役所環境課へ提出してください（直接・Fax・Eメール）。

合格模試　第1回　　　　**問題用紙**

N3
聴解(ちょうかい)
(40分)

N3_Listeing_
Test01.MP3

注　　意
Notes

1. 試験が始まるまで、この問題用紙を開けないでください。
Do not open this question booklet until the test begins.

2. この問題用紙を持って帰ることはできません。
Do not take this question booklet with you after the test.

3. 受験番号(じゅけんばんごう)と名前を下の欄(らん)に、受験票(じゅけんひょう)と同じように書いてください。
Write your examinee registration number and name clearly in each box below as written on your test voucher.

4. この問題用紙は、全部(ぜんぶ)で13ページあります。
This question booklet has 13 pages.

5. この問題用紙にメモをとってもいいです。
You may make notes in this question booklet.

受験番号(じゅけんばんごう)　Examinee Registration Number	

名前　Name	

問題1　N3_1_02

問題1では、まず質問を聞いてください。それから話を聞いて、問題用紙の1から4の中から、最もよいものを一つえらんでください。

れい　N3_1_03

1　ケーキ
2　おかし
3　ざっし
4　マンガ

1ばん N3_1_04

1

2

3

4

2ばん N3_1_05

1 今あるバッグをともだちにあげる

2 ねだんをかくにんする

3 週末まで待つ

4 セールになるのを待つ

3ばん N3_1_06

1 バレエのこうえんのチケットをよやくする
2 しんかんせんのせきをよやくする
3 バレエのこうえん情報をしらべる
4 バレエについて勉強する

4ばん N3_1_07

1 Wi-fiのIDをさがす
2 Wi-fiのパスワードを入力する
3 飲み物をちゅうもんする
4 レシートをさがす

5ばん N3_1_08

1 今(いま)かりている本(ほん)をかえす
2 次(つぎ)にかりたい本(ほん)のよやくをする
3 図書館(としょかん)のりようしゃカードをわたす
4 コンピューターできろくをかくにんする

6ばん N3_1_09

1 6000円
2 6000円と靴
3 8000円と靴
4 8000円と靴とラケット

問題2 N3_1_10

問題2では、まず質問を聞いてください。そのあと、問題用紙を見てください。読む時間があります。それから話を聞いて、問題用紙の1から4の中から、最もよいものを一つえらんでください。

れい N3_1_11

1 日本語を教える仕事
2 日本ぶんかをしょうかいする仕事
3 つうやくの仕事
4 ふくをデザインする仕事

1ばん N3_1_12

1 部屋のしつどを33度にせっていすること
2 部屋のおんどを33度にせっていすること
3 できるだけたいようの光に当たるようにすること
4 できるだけ長い時間運動するようにすること

2ばん N3_1_13

1 ずっと同じ会社ではたらく人
2 アルバイトで生活している人
3 自分で仕事をもらってくる人
4 好きな時間に好きな仕事をする人

3ばん　N3_1_14

1　電車に乗るときのマナーについて勉強すること
2　見学の前に見学する場所の勉強をすること
3　見学するとき話をしずかに聞くこと
4　見学したときにわからないことを聞くこと

4ばん　N3_1_15

1　たくさん勉強すること
2　けいかくてきにお金を使うこと
3　人のしんようをえる練習をすること
4　１日１回家族のてつだいをすること

5ばん N3_1_16

1　病気のおとしよりがじたくで生活できるようにちょうせいする
2　病気のおとしよりが病院で楽しく生活できるようにちょうせいする
3　病気のおとしよりを病院に連れていく
4　病気のおとしよりの家に薬を運ぶ

6ばん N3_1_17

1　てんじひんのしゅるいが多いはくぶつかん
2　てんじひんのせつめいがくわしいはくぶつかん
3　おきゃくさまへのたいおうマニュアルがあるはくぶつかん
4　まじめにはたらくスタッフがいるはくぶつかん

問題3 N3_1_18

問題3では、問題用紙に何もいんさつされていません。この問題は、ぜんたいとしてどんなないようかを聞く問題です。話の前に質問はありません。まず話を聞いてください。それから、質問とせんたくしを聞いて、1から4の中から、最もよいものを一つえらんでください。

れい N3_1_19

1ばん N3_1_20

2ばん N3_1_21

3ばん N3_1_22

—メモ—

問題4 N3_1_23

問題4では、えを見ながら質問を聞いてください。やじるし（→）の人は何と言いますか。1から3の中から、最もよいものを一つえらんでください。

れい N3_1_24

1ばん N3_1_25

2ばん N3_1_26

3ばん N3_1_27

4ばん N3_1_28

問題5 N3_1_29

問題5では、問題用紙に何もいんさつされていません。まず文を聞いてください。それから、そのへんじを聞いて、1から3の中から、最もよいものを一つえらんでください。

れい N3_1_30

1ばん N3_1_31

2ばん N3_1_32

3ばん N3_1_33

4ばん N3_1_34

5ばん N3_1_35

6ばん N3_1_36

7ばん N3_1_37

8ばん N3_1_38

9ばん N3_1_39

合格模試　第2回　　もんだいようし

N3
げんごちしき（もじ・ごい）
（30ぷん）

ちゅうい
Notes

1. しけんが　はじまるまで、この　もんだいようしを　あけないで　ください。
   Do not open this question booklet until the test begins.
2. この　もんだいようしを　もって　かえる　ことは　できません。
   Do not take this question booklet with you after the test.
3. じゅけんばんごうと　なまえを　したの　らんに、じゅけんひょうと
   おなじように　かいて　ください。
   Write your examinee registration number and name clearly in each box below as written on your test voucher.
4. この　もんだいようしは、ぜんぶで　5ページ　あります。
   This question booklet has 5 pages.
5. もんだいには　かいとうばんごうの 1 、 2 、 3 …が　ついて　います。
   かいとうは、かいとうようしに　ある　おなじ　ばんごうの　ところに
   マークして　ください。
   One of the row numbers 1 , 2 , 3 … is given for each question.
   Mark your answer in the same row of the answer sheet.

じゅけんばんごう　Examinee Registration Number	

なまえ　Name	

問題1　＿＿＿のことばの読み方として最もよいものを、1・2・3・4から一つえらびなさい。

1 電車をお降りの際(さい)は、足元に十分ご注意ください。
1　おのり　2　おふり　3　おくだり　4　おおり

2 忘(わす)れ物(もの)がないか、確認してください。
1　かくてい　2　かくしょう　3　かくげん　4　かくにん

3 昨日(きのう)から頭痛がひどくて、今日も学校を休んだ。
1　とうつう　2　ふくつう　3　がんつう　4　ずつう

4 いちばん大切なのは命です。
1　とみ　2　いのち　3　ゆめ　4　あい

5 台風のため、午後のフライトはキャンセルとなります。
1　だいふう　2　だいかぜ　3　たいふう　4　たいかぜ

6 英語の試験をうけて、自分の実力をためしてみたい。
1　みぢから　2　みりょく　3　じつぢから　4　じつりょく

7 危(あぶ)ないので、道路(どうろ)を横断しないでください。
1　おうだん　2　こうだん　3　よこだん　4　きだん

8 問題があったら、かならず報告してください。
1　ほうごく　2　ぼうこく　3　ほうこく　4　ほごく

第2回

文字・語彙

問題2 ＿＿＿のことばを漢字で書くとき、最もよいものを、1・2・3・4から一つえらびなさい。

9 去年（きょねん）、このホテルにとまった。

1 住まった　2 宿まった　3 留まった　4 泊まった

10 今までより、授業（じゅぎょう）にせっきょくてきに参加する学生が増えた。

1 説極的　2 績極的　3 積極的　4 接極的

11 その本を読んで、とてもかんどうした。

1 感情　2 感心　3 感動　4 感想

12 このあたりに病院はありますか。

1 当たり　2 辺り　3 周り　4 回り

13 今日の授業（じゅぎょう）のふくしゅうをしてください。

1 復習　2 複習　3 復修　4 複修

14 とくいな料理はハンバーグです。

1 特意　2 特以　3 得意　4 得以

問題３ （　　　）に入れるのに最もよいものを、１・２・３・４から一つえらびなさい。

15 友達(ともだち)と背(せ)の高さを（　　　）。

1 並(なら)べました　2 負(ま)けました　3 見(み)つけました　4 比(くら)べました

16 毎日天気（　　　）を見てから会社に行きます。

1 予測(よそく)　2 予報(よほう)　3 予防(よぼう)　4 予見(よけん)

17 この料理はおいしいが（　　　）がかかる。

1 手間(てま)　2 勝手(かって)　3 時刻(じこく)　4 世話(せわ)

18 小学校のときの先生を（　　　）しています。

1 尊大(そんだい)　2 尊敬(そんけい)　3 敬称(けいしょう)　4 敬語(けいご)

19 バスの（　　　）は市内ならどこでも同じです。

1 料金(りょうきん)　2 有料(ゆうりょう)　3 通貨(つうか)　4 入金(にゅうきん)

20 鼻(はな)が（　　　）息苦(いきぐる)しいので、よく眠(ねむ)れない。

1 ふるえて　2 つまって　3 しびれて　4 こって

21 父は会社を（　　　）している。

1 方針(ほうしん)　2 経営(けいえい)　3 事業(じぎょう)　4 作業(さぎょう)

22 駅に近いアパートは（　　　）が高い。

1 給料(きゅうりょう)　2 賃貸(ちんたい)　3 家賃(やちん)　4 家事(かじ)

23 今年の3月に高校を（　　　）した。

1 留学(りゅうがく)　2 卒業(そつぎょう)　3 入学(にゅうがく)　4 学業(がくぎょう)

24 いっしょうけんめい勉強していたら、（　　　）夜中になっていた。

1 どこまでも　2 いつまで　3 いつのまにか　4 どこか

25 自転車に乗(の)るときは、交通(こうつう)（　　　）を守(まも)りましょう。

1 サンプル　2 ルール　3 サイン　4 ヒント

問題４　＿＿＿に意味が最も近いものを、１・２・３・４から一つえらびなさい。

26 とても陽気な人と友達になった。

1　まじめな　　2　明るい　　3　内気な　　4　静かな

27 運転をするとき、速度に注意してください。

1　エンジン　　2　ガソリン　　3　スピード　　4　カーブ

28 テスト終了まで、あと約10分です。

1　ちょうど　　2　まだ　　3　だいたい　　4　ちょっと

29 絶対、あの人に言っておいてね。

1　すぐに　　2　今度　　3　必ず　　4　いっか

30 彼女がいきなり泣き出したのでおどろいた。

1　はげしく　　2　とうとう　　3　ゆっくり　　4　とつぜん

問題5　つぎのことばの使い方として最もよいものを、1・2・3・4から一つえらびなさい。

31 判断

1　イベントを中止するかどうかは、学校が判断します。

2　医者の判断は風邪だった。

3　仕事をやめるという彼の大きな判断を応援したい。

4　彼はいつもテストの判断がいい。

32 ぐっすり

1　友達との約束をぐっすり忘れてしまった。

2　まくらを新しくしたら、朝までぐっすり眠れた。

3　かばんの中に本をぐっすり入れて学校へ行った。

4　今日は朝からいそがしくて、ぐっすり休めなかった。

33 あきらめる

1　先週、働いていた会社をあきらめた。

2　彼には彼女がいたので、彼の恋人になるのはあきらめた。

3　暑い日が続いたので、水道があきらめてしまった。

4　体重をあきらめるために、毎日走っています。

34 引退

1　先月、学校の近くに引退してきました。

2　オリンピックの後、その選手は引退した。

3　子どもが熱を出したので、引退してもいいですか。

4　大学を引退したら、国に帰る予定です。

35 栄養

1　この社会は需要と栄養のバランスが取れている。

2　大統領の発言は栄養力がある。

3　栄養をしっかりとって、早く元気になってね。

4　この料理の栄養はえびとたまごだ。

合格模試　第2回　　　　　　　　　　　　　　　　　　問題用紙

N3

言語知識（文法）・読解

（70分）

注　　意
Notes

1. 試験が始まるまで、この問題用紙を開けないでください。
   Do not open this question booklet until the test begins.

2. この問題用紙を持って帰ることはできません。
   Do not take this question booklet with you after the test.

3. 受験番号と名前を下の欄に、受験票と同じように書いてください。
   Write your examinee registration number and name clearly in each box below as written on your test voucher.

4. この問題用紙は、全部で17ページあります。
   This question booklet has 17 pages.

5. 問題には解答番号の 1 、 2 、 3 …が付いています。
   解答は、解答用紙にある同じ番号のところにマークしてください。
   One of the row numbers 1 , 2 , 3 … is given for each question.
   Mark your answer in the same row of the answer sheet.

受験番号　Examinee Registration Number	

名前　Name	

問題1　つぎの文の（　　　）に入れるのに最もよいものを、1・2・3・4から一つえらびなさい。

1　日本の山（　　　）富士山(ふじさん)ですね。

1　とか　　2　という　　3　によって　　4　といえば

2　祖母(そぼ)は年の（　　　）は、考え方が新しい。

1　わりに　　2　むけに　　3　たびに　　4　くせに

3　使い方を間違(まちが)えると、ケガをする（　　　）。

1　かねない　　2　ところではない

3　ほどだ　　4　おそれがある

4　万が一、海外でパスポートを（　　　）、大使館(たいしかん)に連絡(れんらく)してください。

1　なくしたら　　2　なくしたので

3　なくすと　　4　なくせば

5　講演会(こうえんかい)に出席(しゅっせき)される方は、3時までにこちらに（　　　）。

1　いらっしゃってください　　2　お待ちしています

3　お通りください　　4　うかがいます

6　彼(かれ)（　　　）彼(かれ)なりのやり方があるはずだ。

1　として　　2　から　　3　だから　　4　には

7　あの人は自分の役(やく)に立つことにしかお金を（　　　）。

1　使いたい　　2　使いたがらない

3　使われる　　4　使うかもしれない

8　あの子は、いくら言ってもまったく勉強（　　　）としない。

1　しよう　　2　しろ　　3　する　　4　した

9　給料(きゅうりょう)に不満(ふまん)がある（　　　）ではない。しかし、忙(いそが)しすぎる。

1　ほか　　2　わけ　　3　ところ　　4　など

10 この試験は学校を（　　　）申し込んでください。

1　通じて　　2　入れて　　3　通って　　4　出して

11 駅まで迎えに行きますから、タクシーに（　　　）ですよ。

1　乗ることはない　　2　乗るということ

3　乗るもの　　4　乗るべき

12 体が大きい人がたくさん（　　　）。

1　食べそうもない　　2　食べるわけにはいかない

3　食べるとは限らない　　4　食べたくてたまらない

13 小さいときは父とよく魚つりに行った（　　　）ですが、最近はほとんど行きません。

1　まま　　2　こと　　3　とおり　　4　もの

問題2　つぎの文の＿★＿に入る最もよいものを、1・2・3・4から一つえらびなさい。

（問題例）

木の　＿＿　＿＿　＿★＿　＿＿　います。

1　が　　2　に　　3　上　　4　ねこ

（解答のしかた）

1.　正しい答えはこうなります。

木の　＿＿　＿＿　＿★＿　＿＿　います。 3 上　2 に　4 ねこ　1 が

2.　＿★＿に入る番号を解答用紙にマークします。

（解答用紙）

（例）	①　②　③　●

---

14 彼とは　＿＿　＿＿　＿★＿　＿＿　ほど会っていない。

1　去年　　2　きり　　3　1年　　4　会った

15 電話を　＿＿　＿＿　＿★＿　＿＿　予約ができていなかった。

1　にも　　2　おいた　　3　して　　4　かかわらず

16 彼が　＿＿　＿＿　＿★＿　＿＿　がない。

1　はず　　2　時間に　　3　約束の　　4　遅れる

17 今日までに　＿＿　＿＿　＿★＿　＿＿　が、結果はわからない。

1　した　　2　できる　　3　つもりだ　　4　ことは

18 この辺は自然が多くて健康的に暮らせそうだが、交通の便が悪いから、＿＿＿ ＿＿＿ ＿★＿ ＿＿＿ のは難しそうだ。

1　生活する　　2　できない　　3　私には　　4　車の運転が

第2回

文法

問題３　つぎの文章を読んで、文章全体の内容を考えて、[19]から[23]の中に入る最もよいものを、1・2・3・4から一つえらびなさい。

下の文章は、留学生が書いた作文です。

日本人と大豆

レリオ

日本人の食生活の中で、とても重要な食品のひとつに大豆がある。日本料理に必要な調味料のみそやしょうゆ、みそ汁の具としてもよく使われる豆腐や油揚げは、すべて大豆から作られている。また、独特の香りがある納豆は、健康によいと多くの人に[19]。大豆にはたんぱく質やカルシウムなど多くの栄養がある。[20]、豆腐にすることで消化がよくなる。最近の日本食ブームもあり、とくに豆腐は世界中のいろいろな国で「TOFU」として[21]。

しかし、日本人が食べる大豆の量は減ってきているといわれている。主な原因はここ数年の食生活の変化で、中でも若い人たちが大豆を食べる機会が減っているということだ。最近は、豆腐ドーナツや大豆クッキーなど新しい商品も多く発売されている。[22]をうまく取り入れ、ぜひ多くの人に大豆を[23]。

19

1　愛されている　　　　2　愛しそうだ

3　愛するばかりだ　　　4　愛することとおもう

20

1　なぜなら　　　2　けれども　　　3　そのうえ　　　4　または

21

1　知られなくてもよい　　　2　知られるようになった

3　知ることができる　　　　4　知られるわけがない

22

1　このようなもの　　　2　そのまま

3　どのようなもの　　　4　あのまま

23

1　食べてあげたいそうだ　　　2　食べてみたいのだ

3　食べさせてもらおう　　　　4　食べてほしいものだ

問題4　つぎの⑴から⑷の文章(ぶんしょう)を読んで、質問に答えなさい。答えは、1・2・3・4から最もよいものを一つえらびなさい。

(1)

　ボランティアと聞くと、大変そうなので自分にはできないと思うかもしれません。でも、自分の好きなことや、できることから始めればいいのです。仕事や年齢(ねんれい)も関係ありません。例えば、ある小学校の6年生は「ふれあいクラブ」として毎月、お年寄りの施設(しせつ)に行っていっしょにゲームをしたり、歌を歌ったりしています。自分たちでゲームを計画することもあります。先生もアドバイスをくれますが、お年寄りのことを考えながら、自分が好きなこと、自分ができることを形にするのです。

24 この文章(ぶんしょう)で言っていることと合っているのはどれか。

　1　ボランティア活動はとても大変なものだ。

　2　ボランティア活動は毎月一回やるものだ。

　3　ボランティア活動は経験者に手伝ってもらうといい。

　4　ボランティア活動はできることをやるといい。

(2)

これは自分の国に帰った学生が、日本の先生に送った手紙である。

星野先生

お元気ですか。私がこちらに帰ってきて、もう1か月が経ちました。家族や友人に1年ぶりに会って、楽しく過ごしています。

日本では、先生にとてもお世話になりました。日本語はもちろん、日本の伝統文化についてもくわしく教えていただき、ありがとうございました。

これからは私が、日本について多くの人に伝えられるようになりたいです。そのために通訳になろうと思っています。日本語の勉強を続け、通訳の試験を受けるつもりです。そして通訳として日本に行ったときには、こちらのおいしいワインを持って先生のお家にうかがいます。

5月31日　ピーター　ハンクス

25 ピーターさんがこれからまずすることは何か。

1　おいしいワインを買って、先生の家に行く。

2　日本での出来事をたくさんの人と話す。

3　通訳になる試験のために勉強する。

4　日本に行って通訳の仕事を探す。

第2回

讀解

(3)

これは相川(あいかわ)課長と部下の坂田(さかた)さんとのやりとりである。

相川　**9：12**

おはようございます。いま富士見駅に向かう電車の中にいるんですけど、事故の影響で電車が止まってしまいました。動き出すまであと30分くらいかかりそうです。

坂田　**9：13**

おはようございます。たいへんですね！

相川　**9：15**

クリエイト社への訪問の前に、喫茶店で打ち合わせをする約束でしたよね。でもその時間はなさそうです。すみません。

坂田　**9：16**

いえいえ。昨日、資料についてご意見いただいて修正したので、大丈夫だと思います。

相川　**9：17**

喫茶店ではなく、直接クリエイト社の前で待ち合わせしましょう。

坂田　**9：17**

はい。

相川　**9：18**

訪問にも遅れそうだったらまた連絡します。

坂田　**9：19**

かしこまりました。お気をつけて。

26 相川(あいかわ)課長が伝えたいことはどれか。

1　電車の事故のため、クリエイト社への訪問に遅れること

2　クリエイト社に持っていく資料に修正が必要なこと

3　待ち合わせ場所を変更すること

4　坂田(さかた)さんとの打ち合わせのためにもう一度連絡すること

(4)

色を見分ける力を色覚（しきかく）と言いますが、色覚（しきかく）は20代をピークにゆっくりと弱くなっていきます。その原因は3つあります。目の中のレンズ部分がにごってきれいに見えにくくなること、光を取り入れる部分が小さくなって光が入りにくくなること、そして、脳（のう）に情報を送る視神経が弱くなることです。暗い部屋で靴下の色を間違えたり、階段を下りているとき、最後の一段で転びそうになったりする人は、色覚（しきかく）が弱くなっている可能性があります。

27 この文章（ぶんしょう）で言っていることと合っているのはどれか。

1　色を見分ける力は、10代がいちばん強い。

2　暗い部屋の中でも色を見分けられるように、練習したほうがいい。

3　目に光があまり入らないと、色を見分けにくくなる。

4　色覚（しきかく）が弱いと、階段を上りにくくなる。

問題5　つぎの⑴と⑵の文章を読んで、質問に答えなさい。答えは、1・2・3・4から最もよいものを一つえらびなさい。

⑴

食品には、おいしく安全に食べられる、賞味期限があります。お店で売れないまま賞味期限が切れてしまうと、お店は捨てなければなりません。しかし、賞味期限が切れていないのに捨てられる食品もあることが、最近問題になっています。

それは、食品メーカーからお店に食品を運ぶ、問屋の仕事が関係しています。問屋がお店に食品を届けることを納品といい、食品が作られた日から賞味期限までの3分の1の日までに納品するというルールがあります。例えば、賞味期限が3か月のお菓子があって、作られたのが9月1日の場合、賞味期限は11月末ですが、お店に納品する期限は3か月の3分の1、1か月の間に、つまり9月中にお店に届けなければならないことになります。この納品期限を過ぎるとお店で受け取ってもらえず、まだ賞味期限まで2か月もあるにもかかわらず、捨てられてしまうのです。

28 最近、どんなことが問題になっていると言っているか。

1　賞味期限の切れた食品が捨てられること
2　賞味期限の切れていない食品が捨てられること
3　賞味期限までに食品がお店に届けられること
4　賞味期限のあとに食品がお店に届けられること

29 問屋の仕事は何だと言っているか。

1　工場で食品の賞味期限をチェックする。
2　お店で食品の賞味期限を決める。
3　賞味期限が切れた食品を捨てる。
4　食品メーカーからお店に食品を運ぶ。

30 2019年1月に作られた、賞味期限が3年間の缶づめの、納品期限はいつか。

1　2019年末
2　2020年末
3　2021年末
4　2022年末

(2)

これはネット上の記事である。

国際ボランティア団体ピースでは、「場所、本、子どもたち」をキーワードに、アジアの各地で活動しています。具体的には、学校や図書館を作って、勉強したり本を読んだりできる場所を作ります。また、字が読めない子どもたちのために絵本を作ったり、本を読んであげたりする活動もしています。代表の鈴木幸子さんは、「教育は子どもたちの人生を変えることができます」と言います。

活動のためには、継続的な支援が必要です。ピースでは今、サポーターを募集しています。毎月1000円、一日あたり33円の寄付で、1年間に84冊の絵本を子供たちに届けることができます。寄付はいつでも止められます。ニュースレターと活動報告書も受け取れますので、活動の様子を知ることができます。また、毎年、子どもたちが書いたメッセージカードも届きます。詳しくは同団体のサイトをごらんください。

31 この国際ボランティアの活動はどれか。

1 本を読む場所を作る。
2 字を勉強するための本を作る。
3 本を現地の言葉に訳す。
4 本を子どもたちにプレゼントする。

32 この活動に必要なものは何だと言っているか。

1 活動を続ける場所
2 活動を続けるお金
3 活動を続ける現地の人
4 活動を続ける時間

33 サポーターができることは何だと言っているか。

1 活動報告書を受け取ること
2 ニュースレターを書くこと
3 活動の内容を決めること
4 現地の子どもたちに手紙を書くこと

問題6　つぎの文章(ぶんしょう)を読んで、質問に答えなさい。答えは、1・2・3・4から最もよいものを一つえらびなさい。

カップラーメンを食べたことがありますか。温かいお湯を入れて3分待つだけで、おいしいラーメンが食べられます。では、どうして3分間なのか知っていますか。

実は、1分でできあがるカップラーメンもあるのです。でも、早ければいいというわけではないようです。1分でやわらかくなるラーメンは、すぐ食べられるのはいいのですが、そのあともどんどんやわらかくなってしまうので、食べている間にやわらかくなりすぎて、おいしくなくなってしまうのです。それに、お湯を入れてからたった1分だけではまだお湯が熱すぎます。3分経ってからふたを開けて数回混ぜると、70度ぐらいまで下がります。熱い食べ物をおいしいと思える温度は62度から70度です。3分という時間は、この温度までしっかり計算した待ち時間だったのです。

また、これもあまり知られていませんが、お湯を入れる前のカップラーメンは、ラーメンの下とカップの底との間に空間があり、ラーメンが下につかないようになっています。これは、工場からお店に運ばれるときにめんが割れたりしないようにするためです。しかも、お湯を入れたときに、下にもお湯が回って、ラーメン全体を同じやわらかさにできるのです。

34 カップラーメンは3分待つものが多いのは、どうしてだと言っているか。

1　3分が測りやすい時間だから

2　3分で食器の準備ができるから

3　3分でちょうどいい温かさになるから

4　人は3分より長く待てないから

35 1分でできあがるカップラーメンについて、文章(ぶんしょう)の内容に合っているものはどれか。

1　ラーメンの一本一本が、細く作られている。

2　ラーメンがやわらかくなりすぎて、おいしくない。

3　混ぜなくてもすぐ食べられるように作られている。

4　熱いお湯を入れてもすぐ冷めるように作られている。

36 カップの中の下のつくられた空間は、何のためにあると言っているか。

1　ラーメンの熱さをとるため

2　ラーメンの量を多く見せるため

3　ラーメンの重さを軽くするため

4　ラーメンの固さを全体で同じにするため

37 この文章(ぶんしょう)の内容に合っているものはどれか。

1　カップラーメンには、おいしく食べるための工夫がたくさんある。

2　カップラーメンの歴史は、知られているよりも長い。

3　カップラーメンを作る技術は、秘密にされている。

4　カップラーメンの食べ方には、知られていないルールがある。

問題7　右のページは、イベントの案内である。これを読んで、下の質問に答えなさい。答えは、1・2・3・4から最もよいものを一つえらびなさい。

38 ユミさんは週末はアルバイトをしているが、祝日は休みである。物づくりが好きなので、何か自分で作るイベントに参加したい。ユミさんに最も合っているイベントはどれか。

1　てつくず作品展

2　青空フリーマーケット

3　室内楽アカデミー

4　版画(はんが)遊園地

39 マイクさんは、小学生の娘が体操を習っている。マイクさんも体操やダンスを見るのが好きなので、妻と娘と3人でイベントに出かけるためにチケットを買った。いくら払ったか。

1　7800円

2　5000円

3　1000円

4　300円

文化の日　おでかけガイド

造形工房	総合運動公園
【てつくず作品展】 鉄工職人が仕事で出る廃材を利用して、造形作品を作りました。オリジナルキャラクターも初めて公開します。鉄を組み合わせた新しい生物を見てみませんか。 11月2日（土）3日（日）4日（祝） 9：30 ～ 17：00 入場無料	【青空フリーマーケット】 運動公園のスタジアムの周りにフリーマーケットが登場！　約100店が出店します。リサイクル品のほか、ハンドメイドグッズも多数あります。 11月2日（土）3日（日） 10：00 ～ 14：00（雨天中止） 入場無料
文化会館	**市民ホール**
【国立舞台サーカス】 空中ブランコ、ピエロの曲芸、アクロバットなど、ハラハラドキドキがいっぱいの舞台が楽しめます。入場券先行発売中。 11月2日（土）①12：30　②15：00 一般2800円　中学生以下2200円 チケットセンター　×××－××××	【ママとパパと赤ちゃんのための ゆるやかエクササイズ】 親子で簡単なリズム体操やエクササイズを体験しましょう。家でも楽しく赤ちゃんと過ごす方法を知ることができます。 11月3日（日）10：30 ～ 11：30（要電話予約） 1家族（3名1組）1000円（当日払い）
音楽ミュージアム	**星の美術館**
【室内楽アカデミー】 国内外から一流の講師陣を招待し、選ばれた受講者がレッスンを受けます。一般の方は、レッスンの様子を見ることができます。 11月2日（土）3日（日）4日（祝） 10：00 ～ 12：00 レッスン聴講　一人100円	【版画（はんが）遊園地】 明治から昭和期に活躍した作家の作品100点を解説します。自分で版画（はんが）を作るコーナーもあります。 11月3日（日）4日（祝） 9：00 ～ 17：00 一般200円　中学生以下無料

合格模試　第2回　　　　**問題用紙**

N3

聴解

(40分)

N3_Listeing_
Test02.MP3

注　　意

Notes

1. 試験が始まるまで、この問題用紙を開けないでください。
   Do not open this question booklet until the test begins.

2. この問題用紙を持って帰ることはできません。
   Do not take this question booklet with you after the test.

3. 受験番号と名前を下の欄に、受験票と同じように書いてください。
   Write your examinee registration number and name clearly in each box below as written on your test voucher.

4. この問題用紙は、全部で13ページあります。
   This question booklet has 13 pages.

5. この問題用紙にメモをとってもいいです。
   You may make notes in this question booklet.

受験番号　Examinee Registration Number	

名前　Name	

問題1　N3_2_02

問題1では、まず質問を聞いてください。それから話を聞いて、問題用紙の1から4の中から、最もよいものを一つえらんでください。

れい　N3_2_03

1　ケーキ
2　おかし
3　ざっし
4　マンガ

1ばん N3_2_04

1 かいぎしつのよやく
2 しりょうのコピー
3 カタログのじゅんび
4 カタログについて部長にかくにんする

2ばん N3_2_05

1 学生用かいすうけん
2 地下鉄の1か月ていきけん
3 地下鉄の6か月ていきけん
4 バスと地下鉄のセットていきけん

3ばん N3_2_06

1 ポスターの色をいろいろな色に変える。
2 ポスターの字の大きさをもっと大きくする。
3 ポスターに写真やイラストを入れる。
4 れんらくさきの電話ばんごうに電話してしつもんする。

第2回

4ばん N3_2_07

1 来週のけっせきとどけを書く
2 きのうの日づけを書く
3 りゆうの書き方をなおす
4 しゅくだいを終わらせる

聴解

5ばん N3_2_08

1

2

3

4

6ばん N3_2_09

1　かみにじぶんのじょうほうを書く
2　マスクをする
3　ベッドにねる
4　ほけんしょうを出す

問題2 N3_2_10

問題2では、まず質問を聞いてください。そのあと、問題用紙を見てください。読む時間があります。それから話を聞いて、問題用紙の1から4の中から、最もよいものを一つえらんでください。

れい N3_2_11

1 日本語を教える仕事
2 日本ぶんかをしょうかいする仕事
3 つうやくの仕事
4 ふくをデザインする仕事

1ばん N3_2_12

1 電車の音を小さくするため
2 電車のゆれを小さくするため
3 電車から出るねつをつめたくするため
4 電車からうける重さを小さくするため

2ばん N3_2_13

1 かのじょがあやまらないから
2 かのじょがりゅうがくしたがっているから
3 かのじょと今日会えないから
4 かのじょと長くケンカ中だから

3ばん N3_2_14

1　いろいろな国に行ったこと
2　きこうのへんかのせいで病気になったこと
3　家族に長い間会えなかったこと
4　1つめの映画のほうがおもしろいこと

4ばん N3_2_15

1　子どもからやめてほしいと言われたこと
2　体に悪いとつまに言われたこと
3　20年以上前に病気をしたこと
4　タバコのねだんが高くなったこと

5ばん N3_2_16

1 大学のがくひのため
2 りゅうがくするため
3 今のせいかつひのため
4 海外旅行に行くため

6ばん N3_2_17

1 てつやしてれんしゅうする
2 ひとりだけに話すようにはっぴょうする
3 用意したかみを見て話す
4 何度もちょうせんする

問題3 N3_2_18

問題3では、問題用紙に何もいんさつされていません。この問題は、ぜんたいとしてどんなないようかを聞く問題です。話の前に質問はありません。まず話を聞いてください。それから、質問とせんたくしを聞いて、1から4の中から、最もよいものを一つえらんでください。

れい N3_2_19

1ばん N3_2_20

2ばん N3_2_21

3ばん N3_2_22

—メモ—

問題4 N3_2_23

問題4では、えを見ながら質問を聞いてください。やじるし（→）の人は何と言いますか。1から3の中から、最もよいものを一つえらんでください。

れい N3_2_24

1ばん N3_2_25

2ばん N3_2_26

第2回

聴解

3ばん N3_2_27

4ばん N3_2_28

問題5 N3_2_29

問題5では、問題用紙に何もいんさつされていません。まず文を聞いてください。それから、そのへんじを聞いて、1から3の中から、最もよいものを一つえらんでください。

れい N3_2_30

1ばん N3_2_31

2ばん N3_2_32

3ばん N3_2_33

4ばん N3_2_34

5ばん N3_2_35

6ばん N3_2_36

7ばん N3_2_37

8ばん N3_2_38

9ばん N3_2_39

第2回

聴解

N3

げんごちしき（もじ・ごい）

（30ぷん）

ちゅうい
Notes

1. しけんが　はじまるまで、この　もんだいようしを　あけないで　ください。
Do not open this question booklet until the test begins.

2. この　もんだいようしを　もって　かえる　ことは　できません。
Do not take this question booklet with you after the test.

3. じゅけんばんごうと　なまえを　したの　らんに、じゅけんひょうと
おなじように　かいて　ください。
Write your examinee registration number and name clearly in each box below as written on your test voucher.

4. この　もんだいようしは、ぜんぶで　5ページ　あります。
This question booklet has 5 pages.

5. もんだいには　かいとうばんごうの 1 、 2 、 3 …が　ついて　います。
かいとうは、かいとうようしに　ある　おなじ　ばんごうの　ところに
マークして　ください。
One of the row numbers 1 , 2 , 3 … is given for each question. Mark your answer in the same row of the answer sheet.

じゅけんばんごう　Examinee Registration Number	

なまえ　Name	

問題1　＿＿＿のことばの読み方として最もよいものを、1・2・3・4から一つえらびなさい。

1 この作業は1時間もあれば終わるだろう。

1　さくぎょ　　2　さぎょ　　3　さくぎょう　　4　さぎょう

2 こんなに寒い部屋によく住めるね。

1　さむい　　2　あつい　　3　せまい　　4　くさい

3 兄は大学で経済を勉強している。

1　けっさい　　2　けいえい　　3　きょうさい　　4　けいざい

4 好きな人の前ではどうしても素直になれない。

1　しょうじき　　2　すなお　　3　すてき　　4　そっちょく

5 ガイドブックで旅行に行く国の気候について調(しら)べた。

1　きこう　　2　きしょう　　3　きおん　　4　きせつ

6 友達(ともだち)の誕生日(たんじょうび)パーティーに招待された。

1　しょうらい　　2　しょうたい　　3　しょうかい　　4　じょうたい

7 先生のおかげで、スピーチ大会で優勝できました。

1　ゆうかつ　　2　ゆうしょう　　3　ふうかつ　　4　ふうしょう

8 みんなで協力してやりましょう。

1　きょうりき　　2　きょうか　　3　きょうりょく　　4　きょうりゅく

問題2 ＿＿＿のことばを漢字で書くとき、最もよいものを、1・2・3・4から一つえらびなさい。

9 そふは毎朝5時に起きて散歩（さんぽ）している。

1 祖夫　　2 祖父　　3 祖母　　4 祖婦

10 あなたのレポートには大変まんぞくしています。

1 万族　　2 万属　　3 満足　　4 満属

11 お金がぬすまれた。

1 盗まれた　　2 貯まれた　　3 取まれた　　4 失まれた

12 だれでも携帯（けいたい）電話を持つようになったげんざいでは、テレホンカードはほとんど使われなくなった。

1 限在　　2 現在　　3 限存　　4 現存

13 私の会社は駅からとおくて不便（ふべん）だ。

1 違く　　2 達く　　3 遠く　　4 選く

14 ビールが飲めない人はあんがい多い。

1 以外　　2 案外　　3 心外　　4 意外

問題３（　　　）に入れるのに最もよいものを、１・２・３・４から一つえらびなさい。

15 みなさん、いろんな（　　　）を出し合いましょう。

1　アクション　　2　ビジネス　　3　アイデア　　4　アンケート

16 来月、インドネシアに（　　　）することになりました。

1　出勤（しゅっきん）　　2　行動（こうどう）　　3　往復（おうふく）　　4　出張（しゅっちょう）

17 私は子どものころから日本の食べ物に（　　　）がありました。

1　関心（かんしん）　　2　感心（かんしん）　　3　熱心（ねっしん）　　4　感動（かんどう）

18 みなさんの（　　　）のおかげで、頑張（がんば）ることができました。

1　希望（きぼう）　　2　感謝（かんしゃ）　　3　応援（おうえん）　　4　継続（けいぞく）

19 あやしい男が家の前を（　　　）している。

1　がらがら　　2　ぎりぎり　　3　ぶつぶつ　　4　うろうろ

20 このネクタイは（　　　）の３割引（わりび）きで買いました。

1　安価（あんか）　　2　定価（ていか）　　3　値引（ねびき）　　4　価値（かち）

21 彼（かれ）は研究所（けんきゅうじょ）で新しい薬品（やくひん）を（　　　）した。

1　発生（はっせい）　　2　発売（はつばい）　　3　出発（しゅっぱつ）　　4　開発（かいはつ）

22 昨日（きのう）、風が強くて、木が（　　　）。

1　こわれました　　2　おちました　　3　たおれました　　4　やぶれました

23 一度、仕事を（　　　）、最後までやらなければならないと思っている。

1　引（ひ）っかけたら　　2　引（ひ）き受（う）けたら　　3　引（ひ）っぱったら　　4　引（ひ）き出（だ）したら

24 あの子はまだ（　　　）から、長時間、じっと座（すわ）って我慢（がまん）することができない。

1　おさない　　2　おそろしい　　3　めずらしい　　4　ひどい

25 買い物はいつもクレジットカードを（　　　）している。

1　利用（りよう）　　2　信用（しんよう）　　3　応用（おうよう）　　4　費用（ひよう）

問題４　＿＿＿に意味が最も近いものを、１・２・３・４から一つえらびなさい。

26 今日、やっと荷物(にもつ)が家にとどいた。

1　ようやく　　2　すぐに　　3　はやく　　4　ゆっくり

27 この学校では夏休み明(あ)けにテストがある。

1　夏休み前　　2　夏休み中

3　夏休みが終わる直前(ちょくぜん)　　4　夏休みが終わった直後(ちょくご)

28 ここにある本はすべて中古品です。

1　ぜんぶ　　2　すこし　　3　だいたい　　4　ほとんど

29 今日の天気は異常(いじょう)だ。

1　ふつうだ　　2　おかしい　　3　晴(は)れだ　　4　悪い

30 おなかが痛(いた)くて授業(じゅぎょう)を欠席(けっせき)しました。

1　遅(おく)れました　　2　行きました　　3　帰りました　　4　休みました

問題5　つぎのことばの使い方として最もよいものを、1・2・3・4から一つえらびなさい。

31 注目

1　道を渡るとき、車に注目してください。

2　私は彼の言葉に注目している。

3　彼はいつも注目があります。

4　明日は注目を忘れないでください。

32 なつかしい

1　私の犬は私によくなつかしい。

2　頭のいい人がなつかしい。

3　ふるさとの山や川がなつかしい。

4　みんなの前でころんで、とてもなつかしかった。

33 いらいら

1　雪がいらいら降っている。

2　夜空を見たら、星がいらいら光っていた。

3　ドライブに行ったが、道路が渋滞していていらいらした。

4　今年の夏は家族でハワイ旅行に行くので、今からいらいらしている。

34 不満

1　100メートルを10秒で走るなんて不満だ。

2　勉強に不満な物は、学校に持ちこまないでください。

3　その本を買おうと思ったが、お金が不満で買えなかった。

4　彼女は、この会社の給料が安いことに不満があるようだ。

35 迷惑

1　日本語学校を卒業したら、日本で進学するか、国へ帰って就職するか、迷惑している。

2　海外旅行で迷惑になって、本当に困った。

3　いすが迷惑なので、後で片付けてください。

4　風邪で咳が出るときは、ほかの人に迷惑をかけないように、マスクをしてください。

合格模試　第3回　　問題用紙

N3
言語知識（文法）・読解
（70分）

注　意
Notes

1. 試験が始まるまで、この問題用紙を開けないでください。
   Do not open this question booklet until the test begins.

2. この問題用紙を持って帰ることはできません。
   Do not take this question booklet with you after the test.

3. 受験番号と名前を下の欄に、受験票と同じように書いてください。
   Write your examinee registration number and name clearly in each box below as written on your test voucher.

4. この問題用紙は、全部で17ページあります。
   This question booklet has 17 pages.

5. 問題には解答番号の[1]、[2]、[3]…が付いています。
   解答は、解答用紙にある同じ番号のところにマークしてください。
   One of the row numbers [1], [2], [3]… is given for each question.
   Mark your answer in the same row of the answer sheet.

受験番号　Examinee Registration Number	

名前　Name	

問題1　つぎの文の（　　　）に入れるのに最もよいものを、1・2・3・4から一つえらびなさい。

1 弟の（　　　）っぽい性格(せいかく)は、父そっくりだ。

1　おこって　　2　おこれる　　3　おこり　　4　おこる

2 社長（　　　）社員は2人しかいない。

1　といっても　　2　というのは

3　といえば　　4　というより

3 このレストランの料理は多すぎて（　　　）。

1　食べきらない　　2　食べきれない

3　食べきりがない　　4　食べきろうにない

4 この部屋(へや)に引(ひ)っ越(こ)してから、窓(まど)を開ける（　　　）富士山(ふじさん)が見えるのでうれしい。

1　ついでに　　2　たびに　　3　とたんに　　4　最中(さいちゅう)に

5 案内書(あんないしょ)の5ページ目を（　　　）。

1　ごらんにください　　2　ごらんください

3　ごらんさせてください　　4　ごらんしてください

6 先生の話によると、今年の7月の試験は難(むずか)しくない（　　　）。

1　とされている　　2　と言っている

3　というわけだ　　4　ということだ

7 弟はひま（　　　）あれば、ゲームばかりしている。

1　しか　　2　だけ　　3　さえ　　4　も

8 この目薬(めぐすり)は、目に（　　　）があるとき使用してください。

1　かゆさ　　2　かゆみ　　3　かゆいの　　4　かゆいこと

9 一般的(いっぱんてき)に、年をとればとる（　　　）体力(たいりょく)は落(お)ちてくる。

1　こそ　　2　など　　3　なら　　4　ほど

10 大事(だいじ)なことは（　　　）メモしておくべきだ。

1　忘(わす)れないうちに　　2　忘(わす)れるときに

3　忘(わす)れたあと　　4　忘(わす)れないまえに

11 風邪(かぜ)（　　　）で、ご飯があまり食べられません。

1　気味(ぎみ)　　2　っぽい　　3　がち　　4　そう

12 彼女(かのじょ)は元気がない。何かあったに（　　　）。

1　よってだ　　2　違(ちが)いない

3　つれてだ　　4　しょうがない

13 明日は大切な試験があるので、休む（　　　）。

1　わけにはいかない　　2　わけだ

3　わけがある　　4　わけではない

問題2 つぎの文の＿★＿に入る最もよいものを、1・2・3・4から一つえらびなさい。

（問題例）

木の ＿＿ ＿＿ ＿★＿ ＿＿ います。

1 が　　2 に　　3 上　　4 ねこ

（解答のしかた）

1. 正しい答えはこうなります。

木の ＿＿ ＿＿ ＿★＿ ＿＿ います。 3 上　2 に　4 ねこ　1 が

2. ＿★＿に入る番号を解答用紙にマークします。

（解答用紙）

（例）	① ② ③ ●

---

14 A「休日は何をしていますか。」

B「だいだい ＿＿ ＿＿ ＿★＿ ＿＿ おおいですね。」

1 ことが　　2 すごしている　　3 映画を　　4 見て

15 この漢字が ＿＿ ＿＿ ＿★＿ ＿＿ いませんでした。

1 2人　　2 読める　　3 しか　　4 人は

16 ちょうど電話を ＿＿ ＿＿ ＿★＿ ＿＿ 、友達が来た。

1 している　　2 と　　3 ところへ　　4 しよう

17 子どもの ＿＿＿ ＿＿＿ ＿★＿ ＿＿＿ かな。

1　野菜（やさい）　　2　というと　　3　にんじん　　4　きらいな

18 やることが多すぎて、 ＿＿＿ ＿＿＿ ＿★＿ ＿＿＿ たりないよ。

1　あっても　　2　が　　3　いくら　　4　時間

第3回

文法

問題３　つぎの文章を読んで、文章全体の内容を考えて、［19］から［23］の中に入る最もよいものを、1・2・3・4から一つえらびなさい。

下の文章は、留学生が書いた作文です。

「ごみの分別」

ナナ

日本に来て驚いたことはたくさんありますが、ごみの捨て方も［19］の一つです。私の国では、ごみを捨てる場所まで車やトラックで自分たちで運んで捨てます。ごみを捨てる場所は町から少し離れたところにあります。そのごみ捨て場の中で、ゴムや鉄でできた物など一部のものは、捨てる場所が決まっています。［20］そのほかに生活から出るごみは全部、とても大きな穴にまとめて捨てます。紙も生ごみもプラスチックもびんも、全部同じ穴に埋められます。ごみ捨て場は24時間、年中開いているので、［21］。

日本は私の国とぜんぜん違います。まず、ごみを捨てる場所は町から離れたところではありません。家の近くに捨てる場所があります。［22］、曜日ごとに捨てるものが決まっています。ですから、ごみを捨てるときは、リサイクルできるかどうか、そして、燃えるか燃えないかで［23］。リサイクルできるものはリサイクルして再利用するしくみが整っているのがすばらしいと思いました。最初はちょっと面倒くさいと思うこともありましたが、今はもう慣れて、きちんと分けるようにしています。

19

1　そのなか　　　　2　あのなか

3　このとき　　　　4　どのとき

20

1　でも　　2　そして　　3　とくに　　4　なぜなら

21

1　いつでも捨てさせます　　　　2　何時に捨てたかわかりません

3　いつ捨ててもかまいません　　4　そのとき捨てられました

22

1　だから　　2　また　　3　しかし　　4　すでに

23

1　分けさせられました　　　　2　分けることになっています

3　分けるかもしれません　　　4　分けたことがあります

問題4　つぎの⑴から⑷の文章(ぶんしょう)を読んで、質問に答えなさい。答えは、1・2・3・4から最もよいものを一つえらびなさい。

⑴

　カマキリという虫は、大きなカマのような手で、自分より小さい虫をつかまえます。特にオオカマキリの卵はスポンジのように大きく、この中で約200ぴきもの兄弟がいっしょに大きくなります。でも、生まれるとすぐ、1ぴきだけで生活を始めます。カマでつかまえた虫を食べて大きくなりますが、反対にほかの虫に食べられることもめずらしくありません。200ぴきいた兄弟もどんどん少なくなってしまいます。カマキリの生活を見ていると、自然の世界の、食べたり食べられたりする関係がよくわかります。

24 この文章(ぶんしょう)で言っていることと合っているのはどれか。

1　どのカマキリも長く生きる。

2　カマキリの卵はたくさん集まっている。

3　カマキリは生まれたあと、ほかのカマキリと生活する。

4　カマキリが食べられることはない。

(2)

これはネットで注文できる弁当(べんとう)屋の広告である。

おーつでもOK!

予約限定　特製弁当(べんとう)

前日（午前9時30分まで）のご注文でもOK！

ネットで簡単注文

【ステップ1】	Webサイトへアクセス	24時間いつでも受付
【ステップ2】	お店で受け取り	送料・手数料無料
【ステップ3】	レジでお支払い	電子マネーでも可

＊店頭でもご注文をお受けしますので、お気軽にお声かけください。

＊50個以上の場合は、配達についてもご相談ください。

25 このサービスについて、合っているものはどれか。

1 インターネットとお店のどちらでも注文できる。

2 一度に1個から50個まで注文できる。

3 受け取る日の前日の、何時でも注文できる。

4 注文したときに代金を支払う。

(3)

思い出とはふしぎなものだ。私は10歳のとき、父と姉と富士山に登った。8月なのに頂上はとても寒くて雪が降ったこと、そこで飲んだ温かいミルクの味、そして朝に見た雲からのぼる太陽の美しさ…。どれも素晴らしく、今でもはっきり思い出せる。あのとき富士山に登って本当に良かった。

一方で、記憶にないこともある。父によると、私は長い山道が苦しくて何度も泣いたそうだが、まったくおぼえていない。

今、私は、富士山にもう一度登りたいとは決して思わない。素晴らしい思い出があるにもかかわらず。だから、父の話もまた本当なのだろうと思う。

26 思い出とはふしぎなものだと私が思うのはなぜか。

1 記憶にないことが、今の気持ちに影響しているから。
2 実際は富士山で雪が降らなかったから
3 父の思い出がまちがっているから
4 なにがすばらしい思い出かわからなくなってしまうから

(4)

これは靴屋(くつや)から客の山田(やまだ)さんへのメールである。

件名：Re：青ポップの在庫について
2020年3月23日　10：32
山田(やまだ)様 このたびは「はじめてシューズ」についてお問い合わせいただきありがとうございます。 申し訳ございませんが、お問い合わせいただいた青ポップ13cmは品切れとなっております。 追加で生産する予定はございません。 青シック13cmか、みどりポップ13cmならございます。 また、4月1日には当社Webサイトにて新商品を発表する予定です。 子ども向けの商品も多数ございますので、そちらもぜひごらんください。

27 このメールでいちばん言いたいことは何か。

1 山田(やまだ)さんに、青ポップ13cmが新しくできるのを待って購入してほしい

2 山田(やまだ)さんに、子ども向けの新商品を発売してほしい

3 山田(やまだ)さんに、青シックとみどりポップ、新商品を比べてどれかを買ってほしい

4 山田(やまだ)さんに、4月1日以降にもう一度問い合わせしてほしい

問題5　つぎの⑴と⑵の文章(ぶんしょう)を読んで、質問に答えなさい。答えは、1・2・3・4から最もよいものを一つえらびなさい。

⑴

動物が息をするときは、鼻と口から空気を出し入れしている、と思う人も多いかもしれませんが、実は、口からも息ができるのは人間だけです。動物は本当は鼻を使って息をするもので、人間も口を使うより、鼻を使って息をしたほうが、体にいいそうです。

例えば、鼻の中には空気の汚れをとるフィルターがあって、ごみやウイルスが体の中に入らないようにしています。また、空気が乾いているとウイルスが増えて風邪をひきやすいですが、空気が鼻を通るときに温められるので、ウイルスが増えにくくなります。それに、口から息をするよりも、多くの酸素を吸い込むことができるので、ぐっすり眠ることができるし、体の働きがよくなって、疲れにくくなります。

歌を歌ったり、スポーツをしたり、話したりすることを仕事にしている人は、口で息をするくせがついてしまうことがありますが、仕事のとき以外は、ぜひ鼻で息をするようにしてください。

28 人間以外の動物は、どのように息をすると言っているか。

1　空気を鼻から出し入れする
2　空気を鼻と口から出し入れする
3　空気を鼻から入れて、口から出す
4　空気を口から入れて、鼻から出す

29 鼻で息をすることのいい点の中で、言っていないのはどれか。

1　悪い物質が体の中に入らないようにする
2　空気の温かさを感じやすくなる
3　よく眠ることができる
4　疲れにくくなる

30 口で息をする習慣がつきやすい人はどの人だと言っているか。

1　本をたくさん読む人
2　たばこをたくさん吸う人
3　料理をたくさん食べる人
4　歌をたくさん歌う人

(2)

私の母は、朝ご飯によくおにぎりを作る。朝ご飯だけでなく、私や父のお弁当にも。でも私はそれを特においしいとは思わないで、毎日食べていた。

ある朝、母が熱を出した。私は母の代わりに、初めておにぎりを作った。母のおにぎりは毎朝見ていたのに、うまく作れなかった。ご飯の量も、中に入れる具の量もよくわからないし、きれいな形にならない。当然、とてもおいしそうには見えない。①それでも母は「すごくおいしいよ」と言って食べてくれた。「誰かが自分のために作ってくれたおにぎりって本当においしいんだよね、ありがとう。」と。

その時私は思った。おにぎりは手でにぎって作る。ぎゅっぎゅっとにぎってくれたその人のことを思いながら食べる時、おにぎりはおいしくなるのではないか、と。母は毎朝、大切な家族のことを思いながら、いくつもいくつもおにぎりをにぎっているのだと気づいてから、私は、②毎朝のおにぎりをとてもおいしいと感じるようになった。

31 ①それでも母は「すごくおいしいよ」と言ってくれたのはなぜか。

1 毎日母が作るおにぎりとはご飯と具の量が違うから
2 私が母のことを思って作ったことが母に伝わったから
3 母は病気で元気がなく、おなかがすいていたから
4 母がつくるおにぎりのように、きれいにつくれたから

32 ②毎朝のおにぎりをとてもおいしいと感じるようになったとあるが、それはなぜか。

1 母の代わりに自分で作ったから
2 母がおいしいと言ってくれたから
3 母の家族への愛に気付いたから
4 母の作ったおにぎりは形がとてもきれいだから

33 おにぎりについて、私はどう思っているか。

1 朝ごはんやお弁当で毎日おにぎりを食べるのは健康によい。
2 母のようにうまく作れないので好きではない。
3 おにぎりはおいしいし体に良いので、病気の人に作ってあげるべきだ。
4 おにぎりを食べるときに、にぎった人の気持ちが感じられる。

問題6　つぎの文章を読んで、質問に答えなさい。答えは、1・2・3・4から最もよいものを一つえらびなさい。

私は最近、着付け教室に通っている。着付けは着物を着る方法のことだ。なぜ日本人が、日本の伝統的な服を着る方法をわざわざ習うのかと思う人もいるだろう。日本人は昔、毎日着物を着ていたが、今ではほとんど洋服を着るようになった。着物は正月や結婚式などの機会に、ときどき着るだけである。伝統的な日本のものとはいえ、多くの日本人にとって、着物を着るのはかんたんではない。洋服とは形がまったく違うし、ひもを何本も使うこともあるし、とにかくきれいに着るのは難しい。ちゃんと着ないとすぐに形がくずれてしまう。

しかし、うまく着られたときは本当に気持ちがよい。気持ちがすっきりとし、背中をまっすぐにして歩こうと思う。きつく結んだひもの強さが、心まで強くしてくれるような気がする。伝統的なものというのは、①そういう力があるのかもしれない。

私はそんな着物を、特別なものではなく日常のものにしたい。着物を着て買い物に行ったり、友達と食事をしたりしたい。そんなふうに着物と多くの時間を過ごすことで、大好きな②着物と私の距離が近くなるといいなと思う。そして、着物の力を日常の中でさらに感じられるようになりたいと何よりも強く思う。

もちろん、もっと多くの人に、着物の良さを知ってもらいたいし、着物を着てほしいとも思う。でも③私が着物を着る一番の理由はそこにあるのだ。

34 今の多くの日本人にとって、着物とはどういうものか。

1　昔はよく着ていたが、今では教科書でしか見ないもの
2　他の人より強くなるために着るもの
3　普段の生活の中で着て、出かけたり遊んだりするもの
4　特別な行事の時にだけ着るもの

35 ①そういう力とはどういうものか。

1　精神面をささえる力
2　長い距離を歩くときに疲れない力
3　背中や腰を強くしてくれる力
4　ひもがとれないよう強く結ぶ力

36 ②着物と私の距離(きょり)が近くなるとはどういう意味か。

1　お店に買いに行かなくても家にあるということ

2　普段の生活で着ていても自然に感じられるということ

3　たくさんの着物を買ったりもらったりするということ

4　近いところへは必ず着物を着て出かけるということ

37 ③私が着物を着る一番の理由とは何か。

1　一緒に着物を着る友達をもっと多くしたいと思っているから

2　現代の日本人にもっと着物の良さを知ってほしいと思うから

3　せっかく着付けを勉強しているのに、着なければもったいないから

4　大好きな着物の力を生活の中でもっと感じたいから

問題7　右のページは、ホテルのレジャープランの案内である。これを読んで、下の質問に答えなさい。答えは、1・2・3・4から最もよいものを一つえらびなさい。

38 タイさんとズンさんは、今日17時にホテルに着いた。明日は11時にホテルを出発して帰ろうと思っている。それまでに参加できるプランはどれか。

1　AとB

2　AとC

3　BとC

4　CとD

39 石川さんの家族は、今日と明日このホテルに宿泊する。石川さんが奥さん、9歳(さい)と4歳(さい)の子どもと参加する場合、一番料金が安いプランはどれか。

1　A

2　B

3　C

4　D

☆富士山観光ホテル　レジャープラン☆

A　のんびりピクニックコース	B　富士山の石で時計作りコース
約5㎞のピクニックコースを 景色を楽しみながらゆっくり歩きましょう ※お弁当付き 10時から13時 大人　1500円 子ども（6～10歳）　1000円 子ども（5歳以下）　500円	火山岩（富士山の石）で 自分だけのすてきな時計を作りましょう ※材料費は含まれます ①9時から90分 ②10時半から90分 （お好きな時間をお選びください） 1名2000円
C　夜の富士山と星空観察コース	**D　牧場ふれあい体験コース**
たくさんの星と夜の富士山を ゆっくりと眺めましょう ※星空ガイド付き 18時から20時 大人2000円 子ども（6歳以上）1000円 子ども（5歳まで無料）	牧場で牛や羊、うさぎにさわったり えさをあげたりしましょう。 馬に乗ることもできます。 9時から11時半 大人　1800円 12歳以下半額

★開始時間の30分前までにロビーにお集まりください

合格模試　第3回　　　　　　　　　　　　　　　　　　　　　　問題用紙

N3

聴解（ちょうかい）

（40分）

N3_Listeing_
Test03.MP3

注　　意
Notes

1. 試験が始まるまで、この問題用紙を開けないでください。
   Do not open this question booklet until the test begins.

2. この問題用紙を持って帰ることはできません。
   Do not take this question booklet with you after the test.

3. 受験番号（じゅけんばんごう）と名前を下の欄（らん）に、受験票（じゅけんひょう）と同じように書いてください。
   Write your examinee registration number and name clearly in each box below as written on your test voucher.

4. この問題用紙は、全部（ぜんぶ）で13ページあります。
   This question booklet has 13 pages.

5. この問題用紙にメモをとってもいいです。
   You may make notes in this question booklet.

受験番号（じゅけんばんごう）　Examinee Registration Number	

名前　Name	

もんだい
問題1 N3_3_02

問題1では、まず質問を聞いてください。それから話を聞いて、問題用紙の1から4の中から、最もよいものを一つえらんでください。

れい N3_3_03

1 ケーキ
2 おかし
3 ざっし
4 マンガ

第3回

聴解

1ばん N3_3_04

1 インターネットでかぶきのチケットを買う
2 電話でかぶきのチケットを買う
3 インターネットでセミナーに申し込む
4 電話でセミナーに申し込む

2ばん N3_3_05

1 北海道
2 京都
3 東京
4 富士山

3ばん N3_3_06

1　190 cm×115 cm
2　150 cm×100 cm
3　190 cm×120 cm
4　150 cm×115 cm

4ばん N3_3_07

1　2冊
2　3冊
3　5冊
4　8冊

5ばん N3_3_08

6ばん N3_3_09

1 本とDVD
2 本と文房具
3 文房具と掃除の道具
4 本と文房具と掃除の道具

問題2 N3_3_10

問題2では、まず質問を聞いてください。そのあと、問題用紙を見てください。読む時間があります。それから話を聞いて、問題用紙の1から4の中から、最もよいものを一つえらんでください。

れい N3_3_11

1　日本語を教える仕事
2　日本ぶんかをしょうかいする仕事
3　つうやくの仕事
4　ふくをデザインする仕事

1ばん N3_3_12

1 5万円

2 10万円

3 15万円

4 20万円

2ばん N3_3_13

1 メスがミツを集めるときにひつようだから

2 メスがたまごをうむときにひつようだから

3 メスがじぶんのいのちをまもるときにひつようだから

4 オスがじぶんのいのちをまもるときにひつようだから

3ばん N3_3_14

1 テーマのかずがふえたこと
2 プラネタリウムができたこと
3 プラネタリウムのせつめいが毎日かわること
4 図書館ができたこと

4ばん N3_3_15

1 目を開けたまま、かた足で立つこと
2 目をとじたまま、かた足で立つこと
3 かた足で立ったまま、ボールをなげてとること
4 かた足で立ったまま、かおを右や左にむけること

5ばん N3_3_16

1 子どもたちが勉強すること
2 子どもたちがともだちをつくること
3 かつどうをいっぱんの人に知ってもらうこと
4 えんそうをいっぱんの人に聞いてもらうこと

6ばん N3_3_17

1 家族やともだちにむりょうで電話をすること
2 むずかしい問題をかいけつすること
3 外国語で話すれんしゅうをすること
4 スタッフに話を聞いてもらうこと

問題3 N3_3_18

問題3では、問題用紙に何もいんさつされていません。この問題は、ぜんたいとしてどんなないようかを聞く問題です。話の前に質問はありません。まず話を聞いてください。それから、質問とせんたくしを聞いて、1から4の中から、最もよいものを一つえらんでください。

れい N3_3_19

1ばん N3_3_20

2ばん N3_3_21

3ばん N3_3_22

—メモ—

問題4 N3_3_23

問題4では、えを見ながら質問を聞いてください。やじるし（→）の人は何と言いますか。1から3の中から、最もよいものを一つえらんでください。

れい N3_3_24

1ばん N3_3_25

2ばん N3_3_26

第3回

聴解

3ばん N3_3_27

4ばん N3_3_28

問題5（もんだい） N3_3_29

問題（もんだい）5では、問題用紙（もんだいようし）に何（なに）もいんさつされていません。まず文（ぶん）を聞（き）いてください。それから、そのへんじを聞（き）いて、1から3の中（なか）から、最（もっと）もよいものを一（ひと）つえらんでください。

れい N3_3_30

1ばん N3_3_31

2ばん N3_3_32

3ばん N3_3_33

4ばん N3_3_34

5ばん N3_3_35

6ばん N3_3_36

7ばん N3_3_37

8ばん N3_3_38

9ばん N3_3_39

ごうかくもし　かいとうようし

N3 げんごちしき（もじ・ごい）

第1回

じゅけんばんごう Examinee Registration Number		なまえ Name	

〈ちゅうい　Notes〉

1. **くろいえんぴつ（NB、No.2）でかいてください。**
   Use a black medium soft (HB or No.2) pencil.
   （ペンやボールペンではかかないでください。）
   (Do not use any kind of pen.)
2. **かきなおすときは、けしゴムできれいにけしてください。**
   Erase any unintended marks completely.
3. **きたなくしたり、おったりしないでください。**
   Do not soil or bend this sheet.
4. **マークれい** Marking Examples

よいれい Correct Example	わるいれい Incorrect Examples
●	⊗ ✓ ○ ◎ ◍ ⦶ ●

問題1				
1	①	②	③	④
2	①	②	③	④
3	①	②	③	④
4	①	②	③	④
5	①	②	③	④
6	①	②	③	④
7	①	②	③	④
8	①	②	③	④
問題2				
9	①	②	③	④
10	①	②	③	④
11	①	②	③	④
12	①	②	③	④
13	①	②	③	④
14	①	②	③	④

問題3				
15	①	②	③	④
16	①	②	③	④
17	①	②	③	④
18	①	②	③	④
19	①	②	③	④
20	①	②	③	④
21	①	②	③	④
22	①	②	③	④
23	①	②	③	④
24	①	②	③	④
25	①	②	③	④
問題4				
26	①	②	③	④
27	①	②	③	④
28	①	②	③	④
29	①	②	③	④
30	①	②	③	④

問題5				
31	①	②	③	④
32	①	②	③	④
33	①	②	③	④
34	①	②	③	④
35	①	②	③	④

ごうかくもし　かいとうようし

N3 げんごちしき（ぶんぽう）・どっかい

第1回

じゅけんばんごう Examinee Registration Number		なまえ Name	

〈ちゅうい　Notes〉

1. **くろいえんぴつ（NB、No.2）でかいてください。**
   Use a black medium soft (HB or No.2) pencil.
   （ペンやボールペンではかかないでください。）
   (Do not use any kind of pen.)
2. **かきなおすときは、けしゴムできれいにけしてください。**
   Erase any unintended marks completely.
3. **きたなくしたり、おったりしないでください。**
   Do not soil or bend this sheet.
4. **マークれい** Marking Examples

よいれい Correct Example	わるいれい Incorrect Examples
●	⊗ ✓ ○ ◎ ◉ ⦶ ●

問題1	
1	① ② ③ ④
2	① ② ③ ④
3	① ② ③ ④
4	① ② ③ ④
5	① ② ③ ④
6	① ② ③ ④
7	① ② ③ ④
8	① ② ③ ④
9	① ② ③ ④
10	① ② ③ ④
11	① ② ③ ④
12	① ② ③ ④
13	① ② ③ ④
問題2	
14	① ② ③ ④
15	① ② ③ ④
16	① ② ③ ④
17	① ② ③ ④
18	① ② ③ ④

問題3	
19	① ② ③ ④
20	① ② ③ ④
21	① ② ③ ④
22	① ② ③ ④
23	① ② ③ ④
問題4	
24	① ② ③ ④
25	① ② ③ ④
26	① ② ③ ④
27	① ② ③ ④
問題5	
28	① ② ③ ④
29	① ② ③ ④
30	① ② ③ ④
31	① ② ③ ④
32	① ② ③ ④
33	① ② ③ ④

問題6	
34	① ② ③ ④
35	① ② ③ ④
36	① ② ③ ④
37	① ② ③ ④
問題7	
38	① ② ③ ④
39	① ② ③ ④

ごうかくもし　かいとうようし

N3 ちょうかい

第1回

じゅけんばんごう Examinee Registration Number		なまえ Name	

〈ちゅうい　Notes〉

1. **くろいえんぴつ（NB、No.2）でかいてください。**
   Use a black medium soft (HB or No.2) pencil.
   （ペンやボールペンではかかないでください。）
   (Do not use any kind of pen.)
2. **かきなおすときは、けしゴムできれいにけしてください。**
   Erase any unintended marks completely.
3. **きたなくしたり、おったりしないでください。**
   Do not soil or bend this sheet.
4. **マークれい** Marking Examples

よいれい Correct Example	わるいれい Incorrect Examples
●	⊗ ✓ ○ ◎ ⊜ ⦶ ●

問題1（もんだい）

れい	①	②	③	●
1	①	②	③	④
2	①	②	③	④
3	①	②	③	④
4	①	②	③	④
5	①	②	③	④
6	①	②	③	④

問題2（もんだい）

れい	①	②	③	●
1	①	②	③	④
2	①	②	③	④
3	①	②	③	④
4	①	②	③	④
5	①	②	③	④
6	①	②	③	④

問題3（もんだい）

れい	①	②	●	④
1	①	②	③	④
2	①	②	③	④
3	①	②	③	④

問題4（もんだい）

れい	①	●	③
1	①	②	③
2	①	②	③
3	①	②	③
4	①	②	③

問題5（もんだい）

れい	①	②	●
1	①	②	③
2	①	②	③
3	①	②	③
4	①	②	③
5	①	②	③
6	①	②	③
7	①	②	③
8	①	②	③
9	①	②	③

ごうかくもし　かいとうようし

N3 げんごちしき（もじ・ごい）

第2回

じゅけんばんごう Examinee Registration Number		なまえ Name	

〈ちゅうい　Notes〉

1. **くろいえんぴつ（NB、No.2）でかいてください。**
   Use a black medium soft (HB or No.2) pencil.
   （ペンやボールペンではかかないでください。）
   (Do not use any kind of pen.)
2. **かきなおすときは、けしゴムできれいにけしてください。**
   Erase any unintended marks completely.
3. **きたなくしたり、おったりしないでください。**
   Do not soil or bend this sheet.
4. **マークれい** Marking Examples

よいれい Correct Example	わるいれい Incorrect Examples
●	⊗ ✓ ○ ◎ ◍ ⦶ ●

問題1				
1	①	②	③	④
2	①	②	③	④
3	①	②	③	④
4	①	②	③	④
5	①	②	③	④
6	①	②	③	④
7	①	②	③	④
8	①	②	③	④
問題2				
9	①	②	③	④
10	①	②	③	④
11	①	②	③	④
12	①	②	③	④
13	①	②	③	④
14	①	②	③	④

問題3				
15	①	②	③	④
16	①	②	③	④
17	①	②	③	④
18	①	②	③	④
19	①	②	③	④
20	①	②	③	④
21	①	②	③	④
22	①	②	③	④
23	①	②	③	④
24	①	②	③	④
25	①	②	③	④
問題4				
26	①	②	③	④
27	①	②	③	④
28	①	②	③	④
29	①	②	③	④
30	①	②	③	④

問題5				
31	①	②	③	④
32	①	②	③	④
33	①	②	③	④
34	①	②	③	④
35	①	②	③	④

ごうかくもし　かいとうようし

N3 げんごちしき（ぶんぽう）・どっかい

第2回

じゅけんばんごう Examinee Registration Number		なまえ Name	

〈ちゅうい　Notes〉

1. **くろいえんぴつ（NB、No.2）でかいてください。**
   Use a black medium soft (HB or No.2) pencil.
   （ペンやボールペンではかかないでください。）
   (Do not use any kind of pen.)
2. **かきなおすときは、けしゴムできれいにけしてください。**
   Erase any unintended marks completely.
3. **きたなくしたり、おったりしないでください。**
   Do not soil or bend this sheet.
4. **マークれい** Marking Examples

よいれい Correct Example	わるいれい Incorrect Examples
●	⊗ ✓ ○ ◎ ⊜ ⦶ ●

問題1				
1	①	②	③	④
2	①	②	③	④
3	①	②	③	④
4	①	②	③	④
5	①	②	③	④
6	①	②	③	④
7	①	②	③	④
8	①	②	③	④
9	①	②	③	④
10	①	②	③	④
11	①	②	③	④
12	①	②	③	④
13	①	②	③	④
問題2				
14	①	②	③	④
15	①	②	③	④
16	①	②	③	④
17	①	②	③	④
18	①	②	③	④

問題3				
19	①	②	③	④
20	①	②	③	④
21	①	②	③	④
22	①	②	③	④
23	①	②	③	④
問題4				
24	①	②	③	④
25	①	②	③	④
26	①	②	③	④
27	①	②	③	④
問題5				
28	①	②	③	④
29	①	②	③	④
30	①	②	③	④
31	①	②	③	④
32	①	②	③	④
33	①	②	③	④

問題6				
34	①	②	③	④
35	①	②	③	④
36	①	②	③	④
37	①	②	③	④
問題7				
38	①	②	③	④
39	①	②	③	④

ごうかくもし　かいとうようし

N3 ちょうかい

第2回

じゅけんばんごう Examinee Registration Number		なまえ Name	

〈ちゅうい　Notes〉

1. **くろいえんぴつ（NB、No.2）でかいてください。**
   Use a black medium soft (HB or No.2) pencil.
   （ペンやボールペンではかかないでください。）
   (Do not use any kind of pen.)
2. **かきなおすときは、けしゴムできれいにけしてください。**
   Erase any unintended marks completely.
3. **きたなくしたり、おったりしないでください。**
   Do not soil or bend this sheet.
4. **マークれい** Marking Examples

よいれい Correct Example	わるいれい Incorrect Examples
●	⊗ ✓ ○ ◎ ⊜ ⦶ ●

問題（もんだい）1

れい	①	②	③	●
1	①	②	③	④
2	①	②	③	④
3	①	②	③	④
4	①	②	③	④
5	①	②	③	④
6	①	②	③	④

問題（もんだい）2

れい	①	②	③	●
1	①	②	③	④
2	①	②	③	④
3	①	②	③	④
4	①	②	③	④
5	①	②	③	④
6	①	②	③	④

問題（もんだい）3

れい	①	②	●	④
1	①	②	③	④
2	①	②	③	④
3	①	②	③	④

問題（もんだい）4

れい	①	●	③
1	①	②	③
2	①	②	③
3	①	②	③
4	①	②	③

問題（もんだい）5

れい	①	②	●
1	①	②	③
2	①	②	③
3	①	②	③
4	①	②	③
5	①	②	③
6	①	②	③
7	①	②	③
8	①	②	③
9	①	②	③

ごうかくもし　かいとうようし

N3 げんごちしき（もじ・ごい）

第3回

じゅけんばんごう Examinee Registration Number		なまえ Name	

〈ちゅうい　Notes〉

1. **くろいえんぴつ（NB、No.2）でかいてください。**
   Use a black medium soft (HB or No.2) pencil.
   （ペンやボールペンではかかないでください。）
   (Do not use any kind of pen.)
2. **かきなおすときは、けしゴムできれいにけしてください。**
   Erase any unintended marks completely.
3. **きたなくしたり、おったりしないでください。**
   Do not soil or bend this sheet.
4. **マークれい** Marking Examples

よいれい Correct Example	わるいれい Incorrect Examples
●	⊗ ✓ ◯ ◎ ⊜ ◑ ●

問題1

1	①	②	③	④
2	①	②	③	④
3	①	②	③	④
4	①	②	③	④
5	①	②	③	④
6	①	②	③	④
7	①	②	③	④
8	①	②	③	④

問題2

9	①	②	③	④
10	①	②	③	④
11	①	②	③	④
12	①	②	③	④
13	①	②	③	④
14	①	②	③	④

問題3

15	①	②	③	④
16	①	②	③	④
17	①	②	③	④
18	①	②	③	④
19	①	②	③	④
20	①	②	③	④
21	①	②	③	④
22	①	②	③	④
23	①	②	③	④
24	①	②	③	④
25	①	②	③	④

問題4

26	①	②	③	④
27	①	②	③	④
28	①	②	③	④
29	①	②	③	④
30	①	②	③	④

問題5

31	①	②	③	④
32	①	②	③	④
33	①	②	③	④
34	①	②	③	④
35	①	②	③	④

ごうかくもし　かいとうようし

N3 げんごちしき（ぶんぽう）・どっかい

第3回

じゅけんばんごう Examinee Registration Number		なまえ Name	

〈ちゅうい　Notes〉

1. **くろいえんぴつ（NB、No.2）でかいてください。**
   Use a black medium soft (HB or No.2) pencil.
   （ペンやボールペンではかかないでください。）
   (Do not use any kind of pen.)
2. **かきなおすときは、けしゴムできれいにけしてください。**
   Erase any unintended marks completely.
3. **きたなくしたり、おったりしないでください。**
   Do not soil or bend this sheet.
4. **マークれい** Marking Examples

よいれい Correct Example	わるいれい Incorrect Examples
●	⊗ ✓ ○ ◎ ≋ ⦶ ●

問題1	
1	① ② ③ ④
2	① ② ③ ④
3	① ② ③ ④
4	① ② ③ ④
5	① ② ③ ④
6	① ② ③ ④
7	① ② ③ ④
8	① ② ③ ④
9	① ② ③ ④
10	① ② ③ ④
11	① ② ③ ④
12	① ② ③ ④
13	① ② ③ ④
問題2	
14	① ② ③ ④
15	① ② ③ ④
16	① ② ③ ④
17	① ② ③ ④
18	① ② ③ ④

問題3	
19	① ② ③ ④
20	① ② ③ ④
21	① ② ③ ④
22	① ② ③ ④
23	① ② ③ ④
問題4	
24	① ② ③ ④
25	① ② ③ ④
26	① ② ③ ④
27	① ② ③ ④
問題5	
28	① ② ③ ④
29	① ② ③ ④
30	① ② ③ ④
31	① ② ③ ④
32	① ② ③ ④
33	① ② ③ ④

問題6	
34	① ② ③ ④
35	① ② ③ ④
36	① ② ③ ④
37	① ② ③ ④
問題7	
38	① ② ③ ④
39	① ② ③ ④

ごうかくもし　かいとうようし

N3 ちょうかい

第3回

じゅけんばんごう Examinee Registration Number		なまえ Name	

〈ちゅうい　Notes〉

1. **くろいえんぴつ（NB、No.2）でかいてください。**
   Use a black medium soft (HB or No.2) pencil.
   （ペンやボールペンではかかないでください。）
   (Do not use any kind of pen.)
2. **かきなおすときは、けしゴムできれいにけしてください。**
   Erase any unintended marks completely.
3. **きたなくしたり、おったりしないでください。**
   Do not soil or bend this sheet.
4. **マークれい** Marking Examples

よいれい Correct Example	わるいれい Incorrect Examples
●	⊘ ✓ ○ ◎ ⊜ ⦶ ●

問題1（もんだい）

れい	①	②	③	●
1	①	②	③	④
2	①	②	③	④
3	①	②	③	④
4	①	②	③	④
5	①	②	③	④
6	①	②	③	④

問題2（もんだい）

れい	①	②	③	●
1	①	②	③	④
2	①	②	③	④
3	①	②	③	④
4	①	②	③	④
5	①	②	③	④
6	①	②	③	④

問題3（もんだい）

れい	①	②	●	④
1	①	②	③	④
2	①	②	③	④
3	①	②	③	④

問題4（もんだい）

れい	①	●	③
1	①	②	③
2	①	②	③
3	①	②	③
4	①	②	③

問題5（もんだい）

れい	①	②	●
1	①	②	③
2	①	②	③
3	①	②	③
4	①	②	③
5	①	②	③
6	①	②	③
7	①	②	③
8	①	②	③
9	①	②	③